KB178716

자랑자랑 웡이자랑

자랑자랑
웡이자랑

인쇄 2023년 4월 1일
발행 2023년 4월 3일

지은이 김순란

펴낸곳 열림문화
주소 제주특별자치도 제주시 청귤로 15
전화 (064)755-4856
팩스 (064)721-4855
이메일 sunjin8075@hanmail.net
인쇄 선진인쇄사

ISBN 979-11-92003-26-9 (03810)
값 10,000원

자랑자랑
웡이자랑

김순란 시집

열림문화

| 시인의 말 |

자랑자랑

웡이자랑

SNS에서도 고향 말을 쓸 수 있었으면 좋겠다

타향살이 청산하고 고향에 돌아왔을 때
포근하게 나를 반겨준 건 고향 말이다

표준어에 묻혀버리는 내 고향 말 제주어
고향 말을 기록으로 남기고 싶었다

제주가 고향이거나 제주가 타향이거나
언어에서 느껴지는 거리감이 중화되기를…

말에서 풍기는 고향 냄새는 코시롱(고소)하여 편안하다

계묘년 봄날에

김 순 란

| 차례 |

1 시

Contents

2

산문

해설

1

시

어디 가시

스마트폰 사진첩을 ᄋᆞᆯ아보앗주
요자기 친 이녁 사진
아명 ᄎᆞᆽ아도 ᄂᆞ시 어선

진모살밧을 돌아보앗주
이녁이영 걸어난 발자곡
아명 ᄎᆞᆽ아도 ᄂᆞ시 어선

이녁ᄒᆞ고 걸어난 돌담길 걸어보앗주
혼차 걷는 돌담은
아명 걸어도 멜싹ᄒᆞ여 분 건 무산고

요자기 ᄀᆞᇀ이 가난 이중섭거리 ᄄᆞ시 갓주
그림쟁이 뒈어실 이녁 셍각헤신디
아명 ᄎᆞᆽ아도 중섭이삼춘 사진뿐이란게

표선 벡모살밧을 둘러보앗주
물때가 뒈어신고라
바당물만 번번ᄒᆞ여서라

어디 갔니

스마트폰 앨범을 열어보았지
엊그제 찍은 그대 사진
아무리 찾아도 안 보였어

진모살 해변을 돌아보았지
그대와 걸었던 발자국
아무리 찾아도 영영 못 찾겠어

그대하고 걸었던 돌담길 걸어보았지
혼자 걷는 돌담은
아무리 걸어도 낮아져 버린 건 왜 그럴까

엊그제 같이 갔던 이중섭거리 다시 갔지
화가가 되었을 그대 생각했는데
아무리 찾아도 중섭이삼촌 사진뿐이더라

표선 백사장을 둘러보았어
밀물 때가 되었는가
바닷물만 가득하더라

뚜럼

구름이 아멩이나 헤싸놔도 안 본첵
ᄇᆞ름이 자파릴 쳐도 좀좀
벳이 아멩 과랑과랑 ᄒᆞ여도 속솜

구름광 ᄇᆞ름 ᄃᆞ투멍 눈물 닥닥 흘착거려도
벳살광 구름 굴툭부리멍 펀게가 펀찍펀찍ᄒᆞ여도
ᄇᆞ름광 벳이 능락거리멍 도랑춤을 추어도

기영ᄒᆞ당도 두령청ᄒᆞ게 용심낭
천둥베락 쳐 불민
ᄇᆞ름도 구름도 벳살도 벨 소리 못 ᄒᆞ영 볼볼

ᄒᆞ룻밤 지나민 퍼렁ᄒᆞᆫ 하늘로 빙색이 웃고 잇인 뚜럼

바보

구름이 아무렇게나 어질러 놓아도 못 본 척
바람이 장난을 치더라도 잠잠
별이 아무리 내리쬐어도 조용

구름과 바람 다투며 눈물 툭툭 훌쩍거려도
별살과 구름 심술부리며 번개가 번쩍번쩍하여도
바람과 별이 얕잡아보며 회오리춤을 추어도

그러다가도 갑작스럽게 화내
천둥 벼락을 쳐버리면
바람도 구름도 별도 아무 소리 못 하고 벌벌

하룻밤 지나고 나면 파란 하늘로 방싯 웃고 있는 바보

트멍 장시

보양ᄒᆞᆫ 연기 ᄉᆞ이로
와랑와랑 타오르는 저 불빗 베려봅서
감저나 구웜직이
노리나 기시렴직이

아까운 콩깍지 태왐수다
쉐 멕이민 막 좋암직ᄒᆞᆫ디
쉐막 설러분 지 오래뒈난
불캐와뒹 불치나 써사쿠다

쉐막 싯곡 통시 실 땐
아무상 읏이 살아신디
시상이 달라져 가난
아칙이 ᄃᆞᆨ 우는 소리도 시끄럽댄
동ᄉᆞ무소에 민원 들어왐젠 ᄒᆞ는디
이 노릇을 어떵 ᄒᆞ코양

눈만 베롱이 터둠서
스마트폰에 ᄃᆞᆨ 우는 소리 들으멍 사는 사름덜
눈이 파싹파싹 ᄆᆞᆯ라가난
안경칩만 하영 늘어남수다

틈새 장사

뿌연 연기 사이로
활활 타오르는 저 불빛 바라보세요
고구마나 구울 것 같이
노루나 그을릴 것 같이

아까운 콩깍지 태웁니다
소 먹이면 아주 좋을 것 같은데
외양간 없어진 지 오래되니
불사르고 나서 재나 써야겠습니다

외양간 있고 돼지우리 있을 땐
아무렇지 않게 살았는데
세상이 달라져 가니
아침에 닭 우는 소리도 시끄럽다고
동사무소에 민원 들어간다 하는데
이 노릇을 어찌할까요

눈만 가느스름히 떠서는
스마트폰에 닭 우는 소리 들으며 사는 사람들
눈이 푸석푸석 말라가니
안경원만 많이 늘어나네요

아라동 4.3 길을 기억ᄒᆞᆯ 게

가메기 ᄂᆞᆯ암저
폭낭 끗댕이 우티로
허연 구름 불러왐저

우리 ᄀᆞ진 거 아멩 엇어도
기억이 ᄆᆞ음을 눅들러도
8자가 엎어지민 ᄒᆞᆫ정 어신 ∞

가메귀야 ᄂᆞᆫ 알주
을큰ᄒᆞ멍도 지꺼진 날을
삼의양오름 산천단 문형순 설새미 죽성 인다 양막깨밧

가메귀야 ᄂᆞᆫ 알암주
무사 우리가 ᄋᆢ디 이신 지를
다라쿳 고다시 조록낭 원두왓 박성내 동새미

잊지 안ᄒᆞ켜
기억ᄒᆞ켜
검은 먹구름이 걷어점구나
푸린 하늘이 베려점구나
허연구름이 빙섹이 웃엄구나

아라동 4.3 길을 기억할 게

까마귀 난다
팽나무 우듬지 위로
흰 구름 불러온다

우리 가진 것 비록 없어도
기억이 마음을 눌렀어도
8자가 쓰러지면 영원한 무한대 ∞

까마귀야 너는 알지
슬프면서도 기쁜 날을
산의오름 산천단 문형순 설새미 죽성 인다 양막깨밧

까마귀야 너는 알고 있지
왜 우리가 여기 있는 지를
다라쿳 고다시 조록낭 원두왓 박성내 동새미

잊지 않을 게
기억할 게
검은 구름이 걷히고 있어
파란 하늘이 보여
흰구름이 미소 짓고 있어

우리 어멍 복날

우리 집이 마당 구석 헤갈으멍 뎅기는 ᄃᆞᆨ
고고고고 불러가멍 것을 주곡 물을 주엉
서녁 ᄃᆞᆯ을 키와신디 우리 어멍 ᄉᆞᆯ히 안앙
알녁 바당 빌레왓디 ᄃᆞ련가네 앚아둠서
ᄃᆞᆨ 모감지 와자자작 뒈와제껸 잡앗구나

어멍 조름 돌라왓단 느랏ᄒᆞ게 죽어분 ᄃᆞᆨ
눈물 제완 못 보키어 목 ᄌᆞᆼ가전 못 먹으켜
우리 어멍 날 키우젠 정든 ᄃᆞᆨ을 잡젠ᄒᆞ난
눈이 어신 바당에 간 빌레왓디 곱아듬서
ᄃᆞᆨ 모감지 뒈왓단 걸 어떵ᄒᆞ연 들켯구나

그루후제 세월 흘러 유월 스무날 뒈어가민
우리 어멍 ᄃᆞᆨ 모감지 튼내어정 을큰ᄒᆞ고
정든 어멍 셍각나난 목이 메연 ᄀᆞᆸᄀᆞᆸᄒᆞ다
동네 ᄃᆞᆨ집 ᄎᆞᆾ아간에 치맥 ᄒᆞᆯ 땐 벨일 엇단
게므로사 유월 스무날 ᄃᆞᆨ 먹는 날 뒈어가민
우리 어멍 셍각남저 어멍 셍각 하영 남저

우리 엄마 복날

우리 집에 마당 구석 헤집으며 다니는 닭
고고고고 불러가며 모이 주고 물을 주어
서너 개월 키우는데 우리 엄마 살짝 안아
바닷가 바위틈에 데리고 가 앉아서는
닭 모가지 와자자작 비틀어서 죽였구나

엄마 뒤를 따랐다가 느른하게 죽은 닭을
눈물 나서 못 보겠네 목이 막혀 못 먹겠네
우리 엄마 날 키우려 정든 닭을 잡으려니
사람 없는 바닷가 바위틈에 숨어서는
닭 모가지 비트는 걸 어떡하여 들켰구나

그 이후로 세월 흘러 복날이 될 때마다
우리 엄마 닭 모가지 생각나서 서글프고
정든 엄마 생각하니 목이 메어 답답하다
동네 닭집 찾아가서 치맥 할 땐 괜찮다가
유월 스무날 닭 먹는 날 되어가면
우리 엄마 생각난다 엄마 생각 많이 난다

족은똘 시집가던 날

우리 아방
아ᄁᆞ운 족은똘 놔뒹 가젱 ᄒᆞ난
올레 베끼디 나사멍
돌아삿닥 돌아봣닥
똘은 그 아방 ᄇᆞ리멍
눈물조베기 흘쳐간다 닦아간다

이날 저 날 훌쩍 넘은 진진 세월
ᄀᆞ자 그 눈물 남안
오늘 무사 경 아방 생각에
눈물조베기 툭툭 흘쳐지는디사
ᄒᆞ꼼만 더 오레 싯당 가시민
자랑거리 두어 개 더 안넬 건디

이번 공일엔 아방 산이 강
ᄋᆞ름 벌초나 ᄒᆞ고 와살로고

작은딸 시집가던 날

우리 아빠
아까운 작은딸 놔두고 가려 하니
대문 밖을 나서면서
돌아서고 돌아보고
딸은 그 아빠를 보면서
눈물방울 흘리고 닦아내고

이날 저 날 훌쩍 지난 긴긴 세월
아직도 그 눈물 남아
오늘은 왜 그렇게 아빠 생각에
눈물방울 툭툭 나오는지
조금만 더 오래 사시고 가셨다면
좋은 소식 두어 번 더 자랑할 건데

이번 주말에는 아빠 산소에 가서
여름 벌초나 하고 와야겠다

기별

날 ᄌᆞ문 ᄌᆞ냑 하늘 발강ᄒᆞᆫ 놀 익어가민
궤깃베 닷 올리는 ᄌᆞ르진 우리 아방
싱싱ᄒᆞᆫ 궤기 하영 잡앙 멩질 대목 봐살 건디

낭가젱이 늘어지멍 익어가는 밀감 ᄋᆢᆯ메
아칙ᄌᆞ냑 베려보멍 뱅삭ᄒᆞᆫ 우리 어멍
ᄒᆞᆫ저 익엉 ᄑᆞᆯ아거네 멩질 대목 봐살 건디

멩질날 아칙 내낭 먼 문간 베려보멍
먼디 사는 아덜ᄄᆞᆯ 오람직도 ᄒᆞ다마는
웃녁 올레 ᄆᆞᆯ쿠실낭 가메기만 까옥까옥

기별

날 저문 저녁 하늘 붉은 노을 익어가면
고깃배 닻 올리는 분주한 우리 아빠
싱싱한 고기 많이 잡아 명절 대목 봐야 하는데

나뭇가지 늘어지며 익어가는 밀감 열매
아침저녁 바라보며 미소 짓은 우리 엄마
어서 익어 팔아서는 명절 대목 봐야 하는데

명절날 아침 내내 먼 문간 바라보며
먼데 사는 아들딸 올 것도 같다마는
윗녘 올레 멀구슬나무 까마귀만 까악까악

마농밧디 소리

마농밧디 콥대산아 뭉갈뭉갈 ᄒᆞᆫ저 크라
느가 커사 돈사거네 우리 아덜 장개간다
우리 아덜 장개간에 이날 저 날 지남시민
아덜 손지 뚈 손지 웅앙웅앙 고물고물

우리 손지 귀ᄒᆞᆫ 손지 둥실둥실 안아거네
동네방네 뎅겨지민 하르방텍 할망텍을
자랑ᄒᆞ켜 자랑ᄒᆞ켜 동네방네 자랑ᄒᆞ켜
마농밧디 콥대산아 뭉갈뭉갈 ᄒᆞᆫ저 크라

마늘밭 노래

마늘밭에 마늘아 둥실둥실 어서 크라
네가 커야 팔아서는 우리 아들 장가간다
우리 아들 장가가서 이날 저 날 지나가면
아들 손주 딸 손주 응애응애 꼬물꼬물

우리 손자 귀한 손자 둥실둥실 안아서는
동네방네 다니면서 할아버지 할머니 턱
자랑하마 자랑하마 동네방네 자랑하마
마늘밭에 마늘아 둥실둥실 어서 크라

아흔다ᄉᆞᆺ ᄉᆞᆯ에 ᄆᆞ음

퀘밧디 퀘 삐언 놔두난 물이 끗어불언
ᄄᆞ시 씨 삐언 ᄀᆞᆯ겡이로 근언 놔두난 싹 남선게
이번인 물 들언 ᄆᆞᆫ 녹아 불언
을큰ᄒᆞᆫ ᄆᆞ음에 동동헴시난
큰아덜 완 밧을 곱닥ᄒᆞ게 갈아주엇주

게난 어무니 그 밧디 뭐 싱글 거우꽈
ᄄᆞ 퀘 씨 삐고 콩 씨도 삐엇주게
너미 늦지 안헤수꽈
늦엇주마는 검질 나는 거보단은 낫일 거 닮안 말이주게
어무니 비가 하영 완 퀘밧 판나 불엇주마는
육지 더레는 큰 비에 사름도 죽엇젠 헴수다
게메 어떵ᄒᆞᆯ 거구게
나사 이만썩 ᄒᆞᆫ 퀘밧 끗어불고 데고
죽은 사름광 그 식솔덜은 숭시 아니가이

아흔다섯 살 마음

참깨밭에 씨를 뿌려 놔두니 물로 쓸어버려
또 씨를 뿌리고 호미로 땅을 덮어 놔두었더니 싹이 나던데
이번엔 물이 밭에 담아 들어 모두 녹아 버려
애석한 마음에 발 동동 구르고 있는데
큰아들이 와서 밭을 곱게 일구어주었어

그러면 어머니 그 밭에 무엇을 심으려고요
또 참깨 씨도 뿌리고 콩 씨도 뿌렸지
너무 늦지 않았나요
늦었지만 잡초가 나는 것보다는 나을 것 같아서 말이야
어머니 비가 많이 와서 참깨밭을 망쳐 버렸지마는
육지 쪽에서는 엄청난 비로 사람도 죽었다 하네요
그러게 어떡할 거니
나야 이만한 참깨밭 망가지든 말든
죽은 사람과 그 가족들이 큰일이구나

그게 궤삼봉이주

느 아프민 나 ᄆᆞ음 아프고
느 웃이민 나 ᄆᆞ음 푼드그랑ᄒᆞ는
그게 궤삼봉이주

느 입메 걸민 나 입메 좋고
느 입메 엇이민 나 입메도 엇인
그게 궤삼봉이주

느 슬프민 나도 슬프고
느가 지꺼지민 나도 코삿ᄒᆞ는
그게 궤삼봉이주

질 걸을 때 손심엉 으지 뒈민
나도 느 걸음에 노고록ᄒᆞ여지는
그게 궤삼봉이주

우리 할망 아프민
하르방이 ᄌᆞ꼿디 이서 주는
그게 궤삼봉이주

우리 아방 심들 때
우리 어멍 ᄃᆞᆺᄃᆞᆺᄒᆞᆫ 말 ᄒᆞᆫ곡지
그게 궤삼봉이주

우리 아시 굴툭부릴 때
술짝 안아주민 우리 성 질룽이렌ᄒᆞ는 말
이게 궤삼봉이주

홍젱이ᄒᆞ는 애기
우끗 안앙 달래주민 ᄌᆞᆷᄌᆞᆷᄒᆞ여주는
이게 궤삼봉이주

그게 사랑이지

너 아프면 내 마음 아프고
너 웃으면 내 마음 편해지는
그게 사랑이지

너 맛나게 먹으면 나도 맛있고
너 입맛 없으면 내 입맛도 없는
그게 사랑이지

너 슬프면 나도 슬프고
너 기쁘면 나도 신나는
그게 사랑이지

길 걸을 때 손잡아 힘이 된다면
나도 네 걸음에 위안이 되는
그게 사랑이지

울 할머니 아플 때
할아버지 옆에 있어 주는
그게 사랑이지

우리 아빠 힘들 때
우리 엄마 따뜻한 말 한마디
그게 사랑이지

우리 동생 심술부릴 때
살며시 안아주면 우리 형 최고라는 말
이게 사랑이지

투정 부리는 아기
번쩍 안아 달래주면 잠잠해지는
이게 사랑이지

우리 애기 웡이자랑

우리 애기 착ᄒᆞᆫ 애기 ᄃᆞᆫᄌᆞᆷ 자고 ᄒᆞᆫ저 크라
웡이웡이 자랑자랑 웡이자랑 웡이자랑

창문 베끼 소리ᄒᆞ는 동박생이 아으들아
우리 애기 ᄌᆞᆷ자는디 속솜 ᄌᆞᆷᄌᆞᆷ ᄒᆞ여도라
멍멍개도 짖지 말고 꼬꼬ᄃᆞᆨ도 울지 말라

우리 애기 입바우에 우치젠 ᄒᆞ염구나
ᄇᆞ각ᄇᆞ각 게끔ᄒᆞ멍 날우치 ᄒᆞ염구나

ᄆᆞ실 나간 애기 아방 ᄒᆞᆫ저ᄒᆞᆫ저 집이 옵서
우리 애기 입바우에 날우치 ᄒᆞ염시메
멩심멩심 집이 옵서 우장 둘렁 ᄒᆞᆫ저 옵서

ᄃᆞᆫᄌᆞᆷ 자는 착ᄒᆞᆫ 애기 ᄆᆞᆯ착ᄆᆞᆯ착 ᄒᆞᆫ저 크라
웡이웡이 자랑자랑 웡이자랑 웡이자랑

웡이야 자랑아 웡이웡이 자랑자랑
비가 오젠 입바우에 날우치 ᄒᆞ염구나
마당에 날래덜도 ᄒᆞᆫ저ᄒᆞᆫ저 들여붑서
빨렛줄에 빨레덜도 ᄒᆞᆫ저ᄒᆞᆫ저 들여붑서

우리 애기 착ᄒᆞᆫ 애기 ᄃᆞᆫᄌᆞᆷ 자고 ᄒᆞᆫ저 크라
웡이웡이 자랑자랑 웡이자랑 웡이자랑

우리 아기 자장가

우리 아기 착한 아기 단잠 자고 어서 커라
웡이웡이 자랑자랑 웡이자랑 웡이자랑

창문 밖에 노래하는 동박새 아이들아
우리 아기 잠자는데 조용 잠잠하여주라
멍멍개도 짖지 말고 꼬꼬닭도 우지 마라

우리 아기 입술에는 비 마중하는구나
바각바각 거품 일며 비 마중하는구나

마실 나간 아기 아빠 어서어서 집에 와요
우리 아기 입술에는 비 마중하고 있어
조심조심 집에 와요 우산 쓰고 어서 와요

단잠 자는 착한 아기 무럭무럭 어서 커라
웡이웡이 자랑자랑 웡이자랑 웡이자랑

웡이야 자랑아 웡이웡이 자랑자랑
비가 오려 입술에는 비 마중하는구나
마당에 널린 곡식들도 어서어서 들여줘요
빨랫줄에 빨래들도 어서어서 들여줘요

우리 아기 착한 아기 단잠 자고 어서 커라
웡이웡이 자랑자랑 웡이자랑 웡이자랑

애기 키우는 맛

두 ᄉᆞᆯ 난 족은애기 등에 업고
일곱 ᄉᆞᆯ 큰아이는 걸려아젼
오렌만이 장보렐 가신디
애기 성제 고운 옷도 사고
하간 거 상 나오젠 ᄒᆞ는디
난디읏이 누게가
'애기어멍' ᄒᆞ연 불럼관테 돌아산 베려보난
조롬에 ᄄᆞ라왐시카보덴 ᄒᆞᆫ 큰아이가
책 ᄑᆞ는디 앚아둠서 그림책을 휘적휘적 넘겸관테
ᄒᆞᆫ저 걸라 채족ᄒᆞ난
발 벋어앚안 그림책 사ᄃᆞ렌
ᄒᆞᆷ새ᄒᆞ단, 씽겡이ᄒᆞ길레
ᄒᆞᆫ적 가겐 손심언 나오젠ᄒᆞ난
문뚱에 벋드디듬서 앙작을 ᄒᆞ는디
어멍, 애기가 식은뚬이 출출ᄒᆞ연
그디 이신 그림책 다 싸주렌 ᄒᆞ멍 버렉이 사주난
코삿ᄒᆞ영 빙삭이 웃는 애기

돈 아까완
ᄒᆞᆷ마 ᄄᆞ려짐직ᄒᆞᆫ 걸 죽게 ᄎᆞᆷ으난
ᄑᆞᆫ두랑ᄒᆞᆫ ᄆᆞ음 부제뒌 ᄆᆞ음

아이 키우는 재미

두 살 작은아기 등에 업고
일곱 살 큰아이는 걷게 하여
오랜만에 시장에 갔는데
두 아이 고운 옷도 사고
여러 가지 사고 나오려 하는데
난데없이 누군가
'아이 엄마'하고 부르길래 돌아서 보니
뒤에 따라오는 줄 안 큰아이가
책 파는데 앉아서는 그림책을 휘적휘적 넘기고 있다
어서 가자 재촉하니
주저앉아 그림책 사달라고
어리광 넘어 투정 부리길래
빨리 가자 손잡고 나오려는데
문 앞에 뻗대며 앙탈한다
엄마와 아이가 식은땀이 축축하여
거기 있는 그림책 다 사주었더니
흡족하여 밝게 함박웃음 짓는 아이

돈 아까워서
하마 손 올림을 꾹 참았더니
흡족한 마음 부자 된 마음이다

냉기리지 맙서

어느 날 두령청이
들셍이웃이 살구정 ᄒᆞᆫ 날 이심네다
ᄌᆞᆷ자단 눈에 하우염ᄒᆞ여가멍
멍청ᄒᆞ게 살구정 ᄒᆞᆫ 날 이심네다
ᄀᆞᆸ데가리 웃이 웨울러두드리멍 살구정 ᄒᆞᆫ
기영 ᄒᆞᆫ 날 이심네다

살당 보민 좔좔 ᄉᆞᆫ아지는 봄비추륵
울구정 ᄒᆞᆫ 날 이심니께
기영ᄒᆞ여도 넘이 냉기리지 맙서
분쉬웃인 아이도 때가 뒈민 철들고 셈들 날 이심네다

나무라지 마세요

어느 날 불현듯
염치없이 살고픈 날 있잖아요
잠자던 눈에 하품하면서
멍청하게 살고픈 그런 날 있잖아요
이런저런 교양 없이 고함지르며 살고픈
그런 날 있잖아요

살다 보면 좍좍 쏟아지는 봄비처럼
울어버리고 싶은 날 있잖아요
그렇더라고 너무 나무라지 마세요
철없는 아이도 때가 되면 철들고 셈들어 가잖아요

때 뒈어시녜

밥상머리엔 누게 이시냐
이불 속 온기 전ᄒᆞ는 사름
속옷 뺄레 쳉겨주는 사름
연속극 ᄒᆞᆫ디 봐주는 사름 시냐

니에 고춧ᄀᆞ루 싯덴 ᄀᆞᆯ아주는 사름
올레 베낏디 나가는 뒷꼭지에
잘 뎅겨오렌 ᄀᆞᆮ는 사름 이서 살 걸

밥상머리에 ᄒᆞᆫ디 앚앙
밥이 질덴 ᄒᆞᆫ소리 ᄒᆞ엿단
느냥으로 ᄒᆞ영 먹으렌 소리 들어져도
주말연속극에 빠젼 이신디
뉴스 볼 거렝
확 채널을 돌려불어도
ᄌᆞᆷ자리가 왕상ᄒᆞ다 눅눅ᄒᆞ다
술에 쩐 고래 주뎅이 내놓으멍
꿀 ᄀᆞᆮ은 ᄃᆞᆫᄌᆞᆷ 깨우민 부애가 나도

앞이 사름 싯곡
조롬이 사름 셔사

나 심들고 느 울고정 ᄒᆞᆯ 때
ᄀᆞᇀ이 아팡ᄒᆞ곡 궤삼봉헤주는

느 코삿ᄒᆞ곡 나 지꺼질 때
ᄀᆞᇀ이 지꺼정 박수 쳐줄
경ᄒᆞᆫ 사름 시민 막 좋으컬

때 되었잖아

밥 같이 먹을 사람 있니
이불 함께 덮고 잘 사람
속옷 빨래 챙겨주는 사람
연속극 함께 봐주는 사람 있니

이빨에 고춧가루 꼈다고 말해줄 사람
대문 밖 나가는 뒤통수에
잘 다녀오라고 배웅해 주는 사람 있어야 할 걸

식탁에 마주 앉아
밥이 익었다고 한소리 거들었다가
너대로 지어먹으라는 쓴소리 듣더라도
주말연속극 보고 있는데
뉴스 볼 거라며
채널을 확 바꿔버려도
잠자리가 보송하다 눅눅하다
술에 전 고래 주둥이 내밀면서
꿀 같은 단잠 깨우면 짜증 나더라도

앞에 사람 있고
뒤에 사람 있어야

나 힘들고 너 울고 싶을 때
같이 아파하고 보듬어주는

너 행복하고 나 기뻐할 때
같이 기분이 좋아 손뼉 쳐줄
그런 사람 있으면 참 좋겠어

ᄃᆞᆯ코롬ᄒᆞᆫ 우리 삼춘

ᄃᆞᆯ코롬ᄒᆞᆫ 맛 빨아먹엇주
엄동설한 ᄌᆞᆫ딘 넌줄에서 피어나난
인동꼿이렌 ᄒᆞ염신가
언언ᄒᆞᆫ 저슬 ᄌᆞᆫ뎌나난 ᄃᆞᆯ디ᄃᆞᆯ덴 ᄒᆞ염신가

저슬 동지ᄂᆞ물 ᄃᆞᆯ디ᄃᆞᆯ고
눈 맞인 시금추도 ᄃᆞᆫ맛 하영 잇주

한라봉 하우스 농ᄉᆞᄒᆞ는 우리 삼춘
못ᄌᆞᆫ딘 시간을 보내사 ᄃᆞᆫ맛 하영싯넨
돈 하영 벌어보켄
한라봉낭 ᄀᆞ뭄 타게 ᄒᆞ엿구나

우리 삼춘 한라봉 돈 하영하영 벌어그네
ᄆᆞᆯ 또꼬냥에 돈을 ᄆᆞᆫ 써부러
돈 ᄆᆞ른 심든 시간 산 후제사
철들엇젠 ᄒᆞ는구나

경ᄒᆞᆫ 우리 삼춘 나 들멍 늙어지난
성치 못ᄒᆞᆫ 엉근 니로 쫑쫑ᄒᆞᆫ 떡 씹어가멍
ᄃᆞᆯ코롬ᄒᆞᆫ 맛 ᄌᆞᆸ지람젠

ᄌᆞᆫ뎌온 지난 세월 소곱서도
코삿ᄒᆞᆷ을 춫앙 도시리는 벵삭ᄒᆞᆫ 우리 삼춘
시상 질로 베지근 ᄃᆞᆯ코롬ᄒᆞᆫ 인생이옌

달콤한 우리 삼촌

달콤한 맛 빨아먹었지
엄동설한 추위 이겨낸 줄기에서 피니
인동꽃이라 하는가
추운 겨울 견뎌내니 다디달다 하는가

겨울 지낸 봄동도 다디달고
눈 맞은 시금치도 단맛 많이 나지

한라봉 하우스 농사짓는 우리 삼촌
인고의 시간을 보내야 단맛 많이 난다며
돈 많이 벌겠다며
한라봉 나무를 가뭄 타게 하였어

우리 삼촌 한라봉 돈 아주 많이 벌어서
경마장 경마에 그 돈을 모두 써버렸다가
돈 없는 힘든 시간을 보내고선
철이 들었다 하던데

그런 우리 삼촌 나이 들어 늙어지니
고르지 못한 성근 이로 딱딱한 빵 씹어가며
달콤함을 음미한다 하는데

견뎌온 지난 세월 속에서도
행복한 추억 곱씹는 기분 좋은 우리 삼촌
세상 제일 아름다운 달콤한 인생이란다

머체왓 빈 펜지

머체왓 걷는 질에
도난 개탕쥐낭 서너 ᄀᆞ지
빌레왓디 벋은 뿔리 신기ᄒᆞ연
넘어가단 서방 각시
개탕쥐낭 베렷닥 베렷닥

시집살이 어떵ᄒᆞ닌 듣지 말라
오죽ᄒᆞ민 곶자왈 걸으커냐
두갓 살림 어떵ᄒᆞ닌 듣지 말라
오죽ᄒᆞ민 머체왓 ᄎᆞᆺ안 뎅기커냐

깨 볶앙 ᄎᆞᆷ지름 짜멍 산다는 게
삭은 가심 불 지피멍 짓은 그시렁
실거리낭 노랑 꿋섭생이 알 웅크린 가시추룩
이녁 몸속 굿인 ᄋᆞᆯ메 들어앚안
대ᄒᆞᆨ빙원 접수창구 번호판만
베렷닥 베렷닥

머체왓 걷는 질에
개탕쥐낭 서너 ᄀᆞ지
빌레왓디 발 번언 자리 잡듯
삭은 가심 ᄂᆞ리 씰멍 보낸 세월
나나 느나 살암시민 살암시민
산도록ᄒᆞᆫ 날 이서시민 이서시민

머체왓 빈 편지

머체왓 걷는 길에
저절로 자란 탱자나무 서너 그루
바위 밭에 뻗은 뿌리 신기하여
지나가던 서방 각시
탱자나무 보았다가 다시 보았다가

시집살이 어떠냐고 묻지 마라
오죽하면 곶자왈을 걷겠느냐
부부 살림 어떠냐고 묻지 마라
오죽하면 머체왓을 찾아다니겠냐

깨 볶아 참기름 짜며 산다는 게
삭은 가슴 불 지피며 쌓인 그을음
실거리나무 노란 꽃잎 아래 웅크린 가시처럼
그대 몸속 궂은 열매 들어앉아
대학병원 접수창구 번호판만
보았다가 다시 보았다가

머체왓 걷는 길에
탱자나무 서너 그루
바위 위에 뿌리 벋어 자리 잡듯
삭은 가슴 내려 쓸며 보낸 세월
나나 너나 살다 보면 살다 보면
시원한 날 있었으면 있었으면

콩국 ᄉᆞ랑

우리 아방 ᄎᆞᆽ는 콩국
우리 어멍 잘 멩그는 콩국
나도 좋아ᄒᆞ곡
느도 좋아ᄒᆞ주
바싹 실린 날
콩국 ᄒᆞᆫ 사발 들이싸민
오장이 ᄯᆞᄯᆞᆺᄒᆞ게 온몸에 열기가 돌주
일ᄒᆞ느렌 ᄌᆞ르질 땐
콩국 ᄒᆞᆫ 사발이민 뒈주
콩국을 멩글게
콩국을 멩글아 보게
ᄂᆞᆯ콩ᄀᆞ루가 이서사
ᄉᆞᆼ키ᄂᆞ물도 이서사
ᄂᆞᆷ삐도 이시민 더 좋주
물광 소금은 필수라
콩국을 멩글게
콩국을 멩글아보게
콩ᄀᆞ루는 물에 개어사
걸죽 걸죽 물 반죽ᄒᆞ주
ᄂᆞᆷ삐는 큼직이 채 썰곡

ᄉᆞᆼ키ᄂᆞ물은 손으로 ᄌᆞᆷ질게 ᄐᆞᆮ아놔
국 솟디 물을 놩 불을 때
물 퀘어 가민
ᄐᆞᆮ아놓은 ᄉᆞᆼ키ᄂᆞ물 들이쳐
채 썬 ᄂᆞᆷ삐도 국솟디 들이쳐
짐이 팡팡 나가민
걸죽ᄒᆞᆫ ᄏᆞᆼᄀᆞ루 반죽
ᄒᆞᆫ꼼썩 ᄒᆞᆫ꼼썩
멩심멩심 거려놔
국솟 뚜껑을 ᄋᆞᆯ아둠서
불을 괄게 때영 끌리주
국물이 퀘어가민
불 조절해사주
저시민 안 뒈주
국물이 부끄민 안 뒈주
국물이 넘으민 안 뒈주
불을 ᄉᆞᆯᄒᆞ게 놓앙
국솟을 달래사
ᄒᆞᆷ마 ᄒᆞ민
국물이 화르륵 넘어불주기

콩국이 넘으민
국 멩근 건 짱이주
게난 국물이 넘지 말게
불을 달래사
나도 경ᄒᆞ곡
느도 경ᄒᆞ지
불을 ᄉᆞᆯᄒᆞ게 ᄉᆞᆷ앙
소곰 간을 해사주
ᄒᆞᆰ은소곰을 콩국 우티로 ᄉᆞᆯᄉᆞᆯ 뿌려사
하영 놓으민 짜
ᄒᆞ꼼 놓으민 심심해
나도 경ᄒᆞ곡
느도 경ᄒᆞ지
우리 어멍 손맛추룩 마직이 소곰 쳐
우리 아방 궤삼봉추룩 베지근ᄒᆞᆫ 콩국
소곰 놓으민 뭉갈뭉갈
콩ᄀᆞ루가 벙뎅이 건데기 돼주
ᄂᆞᆷ삐 건데기
ᄉᆞᆼ키ᄂᆞ물 건데기
벙뎅이진 콩ᄀᆞ루 건데기

건데기 먹는 맛이 ᄌᆞ미주
건데기 건졍 먹는 맛이 삼도롱ᄒᆞ여
국물 먹은 맛이 베지근ᄒᆞ주
콩국 먹으민 온몸이 뜨뜻ᄒᆞ여
콩국 먹으민 기분이 지꺼져
콩국 먹는 ᄉᆞ랑은 ᄃᆞᆯ코롬ᄒᆞ주
콩국을 먹어봐
콩국 ᄉᆞ랑을 느껴봐
느영 나영 멩근 콩국
콩국 ᄉᆞ랑을 느껴봐

콩국 사랑

우리 아빠 좋아하는 콩국
우리 엄마 잘 만드는 콩국
나도 좋아하고
너도 좋아하지
바싹 추운 날
콩국 한 그릇 들이마시면
오장이 따뜻하게 온몸에 열기가 돌아
일하느라 아주 바쁠 때
콩국 한 사발이면 요기가 돼
콩국을 만들어
콩국을 만들어 봐
날콩가루가 있어야 해
얼갈이배추도 있으면 좋아
무도 있으면 더 좋아
물과 소금은 필수라
콩국을 만들어
콩국을 만들어 봐
콩가루는 물에 개야 해
걸쭉 걸쭉 물 반죽하지
무는 굵직하게 채 썰어
얼갈이배추는 손으로 잘게 뜯어놔
국솥에 물을 놓고 불을 때
물이 끓기 시작해
뜯어놓은 얼갈이배추를 놔
채 썬 무도 국솥에 놔

김이 무럭무럭 나기 시작해
걸쭉한 콩가루 반죽
조금씩 조금씩
조심조심 떠 놓아
국솥 뚜껑을 열어두고
불을 세게 때어 끓이지
국물이 끓기 시작해
불 조절해야 해
저으면 안 돼
국물이 부풀면 안 돼
국물이 넘쳐도 안 돼
불을 약하게 놓고
국솥을 달래야 해
아차 하는 순간
국물이 화르르 넘칠 수 있어
콩국이 넘치면
국 만들기는 꽝이야
그러니 국물이 넘치지 않게
불을 달래야 해
나도 그래
너도 그러지
불을 약하게 놓고
소금 간을 해
굵은소금을 콩국 위로 살살 뿌려줘
많이 놓으면 짜

적게 넣으면 심심해
나도 그래
너도 그렇지
우리 엄마 손맛처럼 적당히 소금 쳐
우리 아빠 사랑처럼 맛있는 콩국
소금을 넣으면 뭉텅뭉텅
콩가루가 덩어리 건더기 되지
무 건더기
배추 건더기
뭉쳐진 콩가루 건더기
건더기 먹는 맛이 재미야
건더기 건져 먹는 맛이 삼삼해
국물을 마시면 깊은 맛이 느껴져
콩국을 먹으면 온몸이 따뜻해
콩국을 먹으면 기분이 즐거워
콩국을 먹는 사랑이 달콤해
콩국을 먹어봐
콩국 사랑을 느껴봐
너와 내가 만든 콩국
콩국 사랑을 느껴봐

술 기려운 날

식게나 멩질 아시날이민
우리 어멍은 감저영 밀ᄏᆞ루를 장만ᄒᆞ여뒨
정제에 이신 큰 주젠지 심져주멍
전방에 강 막걸릴 받앙오렌 ᄒᆞ엿주

주젠지 ᄀᆞ득
허영ᄒᆞᆫ 막걸리 들렁 오당 보민
주젠지 소곱이서
막걸리가 출렁거리당
코로 푸푸 숨을 쉬멍
허영ᄒᆞᆫ 부끌레기 ᄇᆞ각ᄇᆞ각 토ᄒᆞ는 거라
아까운 셍각에 주젠지 코를 할죽거리멍
주젠지 속을 ᄒᆞᆫ꼼 비우노렌 자우렷주

집 올레 정도 오람시민
막걸이도 출렁대주마는
나 발걸음이 더 하영 휘영청ᄒᆞ여낫주

널모리가 식겐디

떡 멩글단 어른덜도

아렛목이서 부각ᄒᆞ게 부꺼난 떡기주도

큰 솟디서 짐 팡팡 내멍

익어가난 상웨떡도

낭불 솜아난 솟강알도

ᄆᆞᆫ 어디 가부러신디사

나 셍각 소곱서 떡 짐이 술술 피어나멍

막걸리 ᄒᆞᆫ잔ᄒᆞ고픈 날인게

술 고픈 날

제사나 명절 전날이면
어머니는 고구마와 밀가루를 준비하시곤
부엌에 있는 큰 주전자 건네주며
상점에 가서 막걸리를 받아오라 하셨다

주전자 가득
하얀 막걸리 들고 오다 보면
주전자 안에서
막걸리가 출렁거리다가
주전자 코로 숨을 쉬며
하얀 거품을 부각부각 토해낸다
아까운 생각에 주전자 코를 핥으며
주전자 속을 조금 비우느라 기울였다

집에 도착할 때쯤
막걸리도 출렁대지만
내 발걸음이 더 많이 휘청거렸었다

내일모레가 제사인데
떡 빚던 어르신도
아랫목에서 부풀어 오르던 떡 반죽도
큰솥에서 김 펄펄 내며
익어가던 상화떡도
장작불 지피던 아궁이도
모두 어디로 가버렸는지
내 안에서 상화떡 익는 김 살살 피어오르며
막걸리 한잔하고픈 날이다

족은년 시냐

자리물회나 산도록이 들이싸시민 좋켜
자리 좀질게 어슷 썰엉 된장에 버무리곡
우영팟디 싱싱ᄒᆞᆫ 물웨 타당
수왕수왕 채 썰어두곡
유잎광 세우리는 좀질게 다지곡
매운 고치도 얄루롱ᄒᆞ게 썰곡
ᄇᆞᆯ고롱ᄒᆞᆫ 양파는 거풀 벳겨
고름나는냥 ᄀᆞ늘이 썰어사
마농도 빳사놓곡
식초도 ᄒᆞᆺ설 놔사주이
쉐피섭상귀도 대ᄋᆢ섯 개 보뱅놔사
씨우릉ᄒᆞᆫ게 냄살이 좋주기
된장이 밍밍ᄒᆞ거덜랑 고치장 ᄒᆞᆺ술 풀어놔도 뒈주마는
원래 자리물회는 된장맛이여
냉장고에 써넝ᄒᆞᆫ 물 비왕
활활 젓이민 자리물회주게

아부지
어떵 산도록ᄒᆞ우꽈
살레에 요작이 먹단 놔둔 소주도 이신디 안넴니까?

작은딸 있느냐

자리물회나 시원하게 먹었으면 좋겠다
자리돔 잘게 어슷 썰어 된장으로 양념하고
텃밭에 싱싱한 오이 따다가
싹둑싹둑 채 썰어두고
깻잎과 부추를 잘게 다지고
매운 고추도 얇게 썰어
붉은 양파는 껍질 벗기고
흰 액이 나오는 채 가늘게 썰어야
마늘도 빻아놓고
식초도 조금 놓아야지
초피나무 잎도 대여섯 개 비벼 놓아야
쌉쌀한 게 냄새가 좋단다
된장이 밍밍하면 고추장 조금 풀어놔도 되지만
원래 자리물회는 된장 맛이지
냉장고에 시원한 물 비워
활활 저으면 자리물회란다

아버지
어떻게 시원하십니까
찬장에 며칠 전 드시다 놔둔 소주도 있는데 드릴까요?

곤쏠 곤밥 뿌려주마

한라산 봉데기에 아침 상강 헤영ᄒᆞ영
벳살 받안 빈찍빈찍 윤이 나멍 온 천지에 비추는디
까악까악 난디엇인 가메기 소리 야게 들런 베려보난
가메기 두어 ᄆᆞ리 전봇대에 앚아둠서
큰 주둥머리 이레 부벽 저레 부벽 ᄂᆞᆯ씬ᄂᆞᆯ씬 ᄀᆞᆯ암구나

가메기야 가메기야 잘 오랏저
코로나19 행실머리 ᄋᆞ뭇차게 우끗 들렁 저승질에 데껴도라
집이 가돠둠서 자가 격리ᄒᆞ젠 ᄒᆞ난 뻬빳산 못 살키어
입 막앙 살젠 ᄒᆞ난 ᄀᆞᆸᄀᆞᆸᄒᆞ영 못 살키어

가는 질에 이거저거 ᄀᆞᆺ인 몹씰 거랑
ᄆᆞᆫ 언주왕 앗앙가라
코로나19 앗앙가민 곤쏠 곤밥 뿌려주마
한라산 넘어아정 바당절에 물살절에 먼디먼디 데껴 불라
돌아오는 걸음이랑 ᄃᆞᆺᄃᆞᆺᄒᆞᆫ 봄 기벨 하영 하영 ᄃᆞ령오라

한라산 봉데기에 ᄌᆞ냑 상강 ᄉᆞᆯ짝ᄉᆞᆯ짝 ᄂᆞ릴 적에
빈찍빈찍 한한ᄒᆞᆫ 벨덜 백록담에 담아 들민
검은 노리 허연 노리 겅중겅중 지꺼지게 놀게ᄒᆞ게
허연 별도 검은 별도 오진조진 놀게ᄒᆞ게
가메기야 가메기야 코로나 행실머리 우끗 들렁
먼디먼디 저승질에 데껴도라

흰쌀 흰밥 뿌려줄 게

한라산 꼭대기에 아침 상강 하얗게
햇빛 받아 반짝반짝 윤이 나며 온 세상에 비치는데
까악까악 난데없는 까마귀 소리 고개 들어 바라보니
까마귀 두어 마리 전봇대에 앉아서는
큰 주둥이 이리 부비 저리 부비 날카롭게 다듬는다

까마귀야 까마귀야 잘 왔구나
코로나19 행실머리 야무지게 번쩍 들어 저승길에 던져다오
집에 갇혀서는 자가 격리하려 하니 뼈마디 쑤셔 못 살겠다
입 막고 살려 하니 답답해서 못 살겠다

가는 길에 이것저것 나쁘고 몹쓸 것은
모두 그러모아 가져가라
코로나19 가져가면 흰쌀 흰밥 뿌려주마
한라산 넘고 넘어 바다 깊이 물살 깊이 멀리멀리 던져다오
돌아오는 길에는 따뜻한 봄소식 많이 많이 데려오라

한라산 꼭대기에 저녁 상강 살짝살짝 내려가면
반짝반짝 은하수들 백록담에 내려 들고
검은 노루 하얀 노루 겅중겅중 즐겁게 놀게 하자
하얀 별도 검은 별도 오순도순 놀게 하자
까마귀야 까마귀야 코로나19 번쩍 들어
멀리멀리 저승길에 던져다오

초일뤠에 오쿠다

할망 할망 일뤳당 할망
ᄒᆞ다 늦게 오랏젠 애ᄃᆞᆯ지 맙서
우리 애기덜 이제ᄁᆞ지 할망 덕으로
오뉴월 장마에 물웨 크듯 잘 컷수다
우리 아이 앞이멍에 너른 이견
뒷이멍에 ᄈᆞ른 이견 글도 내와줍서
이레 심벡 저레 심벡 커가는 아이덜
자동차에 놀레게 말곡 바당절에도 놀레게 말앙
구짝 잘 크게 ᄒᆞ여도렌 할망 전에 빌엄수다

초일뤳날 일뤳당 오난
당 올레ᄁᆞ지 마중 나온 당 할망
ᄉᆞ뭇 보고정 ᄒᆞᆫ 단골 오난 코삿ᄒᆞ염주양

열일뤳날 일뤳당 오난
ᄒᆞᆺ술 ᄐᆞ라진 당 할망 삐딱ᄒᆞ게 앚아둠서
삐진추륵 ᄒᆞ단도 반가완 손 ᄌᆞᆸ아뎅겸주양

스무일뤠에 일뤳당 오라신디
막 부애난 당 할망 비시렝이 누워둠서
무사 이제사 와시넨 포마시훌지도 몰란 멩심멩심 오랏수다

일뤳당 춧일 땐 초일뤠에 오쿠다
당 할망 당 올레 마중 나완 지드리는
초일뤠에 일뤳당 멩심ᄒᆞ엿당 오커메
ᄒᆞ다 우리 애기덜 무탈ᄒᆞ게 직ᄒᆞ여줍서

초이레에 올게요

할머니 할머니 이레당 할머니
부디 늦게 왔다고 서운하다 마세요
우리 아기들 이제까지 할머니 덕으로
오뉴월 장마에 오이 크듯 잘 컸어요
우리 아이 앞이마에 넓은 지식
뒷이마에 빠른 지혜 좋은 글도 내어주세요

이런 겨름 저런 겨름 커가는 아이들
자동차에 놀라게 말고 바닷물에도 놀라게 말아
쭈욱 잘 크게 하여 달라 할머님께 비옵니다

초이레에 이렛당 오니
당 올레까지 마중 나온 당 할머니
사뭇 보고픈 단골 오니 기분 좋으시죠

열이레에 이레당 오니
조금 토라진 당 할머니 삐딱하게 앉아서는
삐쳐 있다가도 반가워서 손 잡아당기시죠

스무이레에 이레당 왔는데
많이 화가 난 당 할머니 비스듬히 누워서는
왜 이제야 왔느냐고 분풀이할 지도 몰라 조심조심 왔어요

이레당 찾을 땐 초이레에 올게요
당 할머니 당 올레 마중 나와 기다리는
초이레에 이레당 명심하여 올 테니
부디 우리 아기들 무탈하게 지켜주세요

집 일러분 ᄀᆞ다싯당

폭낭 우이 놀단 곱닥ᄒᆞᆫ 만주기또 강씨 아미
ᄎᆞ자 ᄃᆞ라 ᄀᆞ다싯당 흘착이는 눈물방울
석석ᄒᆞᆫ 아칙이실 목 축이는 생이 소리
ᄆᆞᆯ쿠실생이 오조조조 강씨 아미 소리인가

제단에 멧밥 먹단 이씨 영감 산신대왕
어느 내창 바우 알에 눈칫밥을 걸식ᄒᆞ나
야옹야옹 웅크린 고넹이 벗 뒈어감저
산신대왕 일름 무색ᄒᆞ다 제단 또시 ᄎᆞ자 ᄃᆞ라

동녘 펜이 앗아난 김씨 할망 천신불도
ᄀᆞ다싯당 에염에서 두릿두릿 빙빙 돌멍
펜ᄒᆞᆫ 자리 엇일 건가 단수육갑 짚어보단
ᄆᆞᆯ쿠실생이 오랜ᄒᆞ연 방위점을 보암신게

알당에 ᄃᆞᆫ좀 자난 고씨 영감 산신 일월
송악 줄기 ᄆᆞᆯ라부런 의지ᄒᆞᆯ 곳 어디란고
널찍ᄒᆞᆫ 궤 서너 개 의지ᄒᆞᆯ만 해나신디
천장만장 묻어부런 어디에서 ᄃᆞᆫ좀 자코

명일 새해 과세 오단 부지런ᄒᆞᆫ 당골덜아
올히 신과세는 어디에 누게ᄒᆞ고 주고받나
ᄀᆞ다싯당 원래 주인 ᄀᆞ다시 당골덜아
을큰ᄒᆞᆫ ᄆᆞ음 달래 볼 길 서럽고도 막막ᄒᆞ다

집 잃은 고다시 당

팽나무에 놀던 고운 만주기또 강씨 아미
찾아 달라 고다싯당 훌쩍이는 눈물방울
차가운 아침이슬 목 축이는 산새 소리
직박구리 오조조조 강씨 아미 소리인가

제단에 젯밥 먹던 이씨 영감 산신대왕
어느 계곡 바위 밑에 눈칫밥을 얻어먹나
야옹야옹 웅크린 고양이 벗 되어간다
산신대왕 직함 무색하다 제단 다시 찾아 달라

동편 녘에 앉았던 김씨 할마님 천신불도
고다싯당 주변에서 두리번두리번 빙빙 돌며
편한 자리 없을 건가 단수육갑 짚어보다
직박구리 불러들여 방위점을 보는구나

아랫당에 단잠 자던 고씨 영감 산신 일월
송악 줄기 말라버려 의지할 곳 어디던가
널찍한 바위 그늘 의지할 만하였는데
천길만길 묻어버려 어디에서 단잠 잘까

명일 새해 과세 오던 부지런한 당골들아
올해 신과세는 어디에 누구하고 주고받나
고다싯당 원래 주인 고다시 당골들아
섭섭한 마음 달래 볼 길 서럽고도 막막하다

영등할망 ᄒᆞᆫ저 옵서

배고픈 영등할망 들어오민
수두리보말 이녁 속 내어주고
배불른 영등할망 들어오민
먹보말 뭉갈뭉갈 지름지주

간드랑이 입은 영등할망 오는 해는
하간 꼿이 활활 피고
ᄐᆞᆫᄐᆞᆫ이 출련입은 영등할망 오는 해는
피는 개나리 돔박고장도 꼿봉오지 오꼿 들어가불주

음력 이월 초ᄒᆞ루
제주바당 문을 훤히 ᄋᆞᆯ라
웨눈박이 섬 물살 타멍 가키어
강남 천자국 ᄇᆞ름 타멍 가키어
ᄄᆞᆺᄄᆞᆺᄒᆞ민 ᄄᆞ님 업언 가키어
날 실리민 메누리 앞세왕 가키어

벵벵 도는 동글납작ᄒᆞᆫ 제주도
서펜으로 들엉 동펜으로 나가젠 ᄒᆞ난
ᄀᆞ정 온 하간 씨덜 촉촉 뿌리멍 뎅겸저
품언 온 하간 목심 곰작곰작 번성시기멍 뎅겸저

한라산 사오기고장 피와 두곡
널르디 널른 목장 송애기 ᄆᆞᆼ셍이 생겨 두고
이 밧 저 밧 벨진 밧디 오곡 씨앗 뿌려 두곡
빙빙 둘른 바당 개끗 바우 바룻종ᄌᆞ 싱거 두고
천질만질 바당 속에 하간 궤기 새끼 께와 두곡
열나흘 밤 보름이 근당ᄒᆞ난
툴툴 털어 가베운 몸 시원ᄒᆞ게 감시메
올 ᄒᆞᆫ 해 펜안이덜 살암시라

고맙수다 영등할망
또시 옵서 영등할망
웨눈박이 섬 물살 타멍
강남 천ᄌᆞ국 ᄇᆞ름타멍
또시 옵서 영등할망

영등할머니 어서 오세요

배고픈 영등할머니 들어오면
팽이고둥 제 속 내어주고
배부른 영등할머니 들어오면
각시고둥 오동통 살이 찐다

얇은 옷 입은 영등할머니 오는 해는
온갖 꽃들이 활짝 피고
두툼하게 차려입은 영등할머니 오는 해는
피던 개나리 동백꽃도 꽃봉오리 오물아 든다

음력 이월 초하루
제주 바다 활짝 열어두라
외눈박이 섬 물살 타며 갈게
강남 천자국 바람 타며 갈게
따뜻하면 딸을 업고 갈게
날 추우면 며느리 앞세워 갈게

빙빙 도는 제주도 둥그스름한 제주도
서쪽으로 들어 동쪽으로 나가려 하니
가지고 온 온갖 씨앗 촉촉 뿌리며 다닌다
품고 온 온갖 목숨 꼬물꼬물 번식시키며 다닌다

한라산 왕벚꽃 피워두고
넓고 넓은 목장 송아지 망아지 생겨 두고
이 밭 저 밭 기름진 밭에 오곡 씨앗 뿌려 두고
빙빙 둘러 바닷가 바위 소라 전복 새끼 붙여 두고
천길만길 바닷속에 여러 고기 새끼 깨워 두고
열나흘 밤 보름이 가까우니
툴툴 털어 가벼운 몸 시원하게 돌아가니
올 한 해 무탈하게 지내거라

고마워요 영등할머니
다시 와요 영등할머니
외눈박이 섬 물살 타며
강남 천자국 바람 타며
다시 와요 영등할머니

할망 어드레 갑디가

개ᄁᆞᆺ 지키는 욕쟁이 할망 어드레 가불어신고
바룻 잡으레 바당더레 ᄂᆞ리는 저 나그네 막아살 건디
어디 간 뭐헴신고

영등할망 우장 쓰지 말앙 산도록이 출령 옵센 축원 가신가
바당 산천 골로로 궤삼봉ᄒᆞ여 줍센 빌레 가신가

매날매날 엄부랑ᄒᆞ게 미어지는 개ᄁᆞᆺ디
들물 날물 ᄉᆞ시 ᄒᆞᆫ들ᄒᆞᆫ들
오뉴월 벌집추륵
쑥쑥 커가는 톨ᄂᆞ물 돌빌레에 미삭ᄒᆞ고
ᄇᆞ름탄 절도 한걸ᄒᆞ게 개ᄁᆞᆺ 바우 할라간다 할타온다

배불른 메옹이, 게들레기, 고메기, 수두리, 돌포말, 구젱기, 거북손, 말미잘, 문닫으레기, ᄎᆞᆷ고메기, 먹보말, 까메기보말, 지름보말, 웬보말

바당 지키는 욕쟁이 할망
영등굿 젯밥에 빠진 영등할망 펜안ᄒᆞ게 쉬당 갑센
할망 마중 가신가

바우에 ᄃᆞᆯ라붙은 김
쫍찌롱ᄒᆞᆫ 게 쏠밥 ᄎᆞᆯ래로
밥 ᄒᆞᆫ 사발 오물락ᄒᆞᆯ 것 닮은
오분제기 ᄃᆞᆯ라붙음 직ᄒᆞᆫ 영등ᄃᆞᆯ 개끗디

미역, 넙패, ᄐᆞᆯᄂᆞ물, ᄆᆞᆷ, 풍차, ᄇᆞ름, 절을 어릅 씨는 소리
아웅다웅 ᄃᆞ투는 소리, 빌레에 ᄃᆞᆯ라붙으멍 커가는 소리

바당 지키는 욕쟁이 할망 어드레 가불어신고
개끗디 ᄂᆞ린 저 나그네 ᄒᆞᆫ 질구덕 솜빡 채완 나감신게

할머니 어디 가셨나요

바닷가 지키는 욕쟁이 할머니 어디 가셨나
해산물 채취하러 바닷가로 내리는 저 나그네 통제해야 하는데
어디 가서 뭘 하시나

영등할머니 우비 입지 말고 시원하게 차려입고 오시라 축원 가셨나
바다 산천 골고루 돌보아주라고 기도하러 가셨나

매일매일 푸짐하게 넘쳐나는 바닷가
밀물 썰물 사이 살랑살랑
오뉴월 벌집처럼
쑥쑥 커가는 톳 너럭바위 틈에 넘쳐나고
바람 실은 파도 한가하게 갯가 바위 어루핥고 핥아간다
배부른 메옹이, 게들레기, 고메기, 수두리, 돌고둥, 소라, 거북손, 말미잘, 문닫으레기, 참고메기, 먹보말, 까마귀고둥, 지름보말, 웬보말

바다 지키는 욕쟁이 할머니
영등굿 젯밥에 빠진 영등할머니 편안히 쉬다 가시라
영등신 마중 가셨는가

바위에 달라붙은 김
짭조름한 게 쌀밥 반찬으로
밥 한 그릇 꿀꺽할 것 닮은
떡조개 달라붙음 직한 음력 이월 바닷가

미역, 넓패, 톳, 모자반, 풍차, 바람, 파도 어름 쓰는 소리
아웅다웅 다투는 소리, 너럭바위에 달라붙으며 커가는 소리

갯가 지키는 욕쟁이 할머니 어디 가버리셨나
바닷가 내린 저 나그네 한 바구니 듬뿍 채워 나가는구나

쿠싱ᄒᆞᆫ 제주 오월

제주에 오시커들랑 오월에 오십서
귤고장 내음살 쿠싱ᄒᆞᆫ 디 ᄎᆞ앙
낭밧 ᄌᆞᄁᆞᆺ디 ᄌᆞᆷ잘 디 정ᄒᆞ영 오십서
이녁이 ᄌᆞᆷ들민 오월 이슬 ᄂᆞ려왕
귤고장 어름 쓸멍
밤새낭 궤삼봉 ᄒᆞᆯ 거우다
오월 죽장 벨덜이 ᄂᆞ려보곡
꼿덜은 벨덜 올려보멍
이실이 전ᄒᆞ는 ᄆᆞ음 보듬을 거우다

오월 제주는
동박생이 소리가 막 지꺼집니다
귤고장 내음살에 취ᄒᆞ영
새벡부떰 소리ᄒᆞ는 동박생이
이녁 ᄌᆞᆷ자는 창문을 두드릴 거우다
귤고장 미삭ᄒᆞᆫ 오월 아칙을 애끼는
이녁을 보구정 ᄒᆞᆯ 거우다
이녁이 싯당 가불민
허영ᄒᆞ단 고장덜도 누렁ᄒᆞ게 떠거네
툭툭 지 자리를 벗어 불 거우다

그 고장덜 동메난 조름엔
애기귤이 동글동글 커 갈 거우다

제주를 춫을 때랑
벤벤ᄒᆞᆫ ᄆᆞ음 개비또롱이 ᄒᆞ곡
하간 셍각은 간드랑ᄒᆞ게
쌔인 ᄂᆞᆯ싹흠도 툭툭 털어뒹
가용돈은 하영하영 ᄀᆞ정 오십서

제주가 귀마릴 ᄌᆞᆸ아 뎅기거들랑
올오롯이 들어앚앙 귤낭을 가냥ᄒᆞ십서

ᄀᆞ슬들민 귤 탕 폴곡
저슬들민 ᄃᆞᆺᄃᆞᆺᄒᆞᆫ 방구들서 놀당
봄 나민 밧갈레 가게마씀
묵은 낭가젱이는 쫄라주곡
고장 피민 허드레꼿 타주곡
동 맺이민 솎아주당
경ᄒᆞ당 덥거들랑
서느룽ᄒᆞᆫ 낭 강알에 누워둠서 낮줌도 자곡

셋베염이 슬짝 붸와져도
추물락 말앙 지나가게 내불어삽주
ᄆᆞᆯ쿠실생이 작작 웨울러도
코삿ᄒᆞᆫ ᄆᆞ음으로 눈 꼼막ᄒᆞ영 마십서
경ᄒᆞ민 동박생이 곱닥ᄒᆞᆫ 소리로
슬짝슬짝 놀래ᄒᆞᆯ 거우다

제주에 오시커들랑
내음살 쿠싱ᄒᆞᆫ 오월에 오시곡
ᄌᆞᆷ 잘 디는
귤낭 ᄌᆞ끗디 정ᄒᆞ곡
동박생이 소리 들으멍 ᄌᆞᆷ을 자 봅서

제주에 오시커들랑
귤고장 내음살 쿠싱ᄒᆞᆫ 오월에 오십서

향기 그윽한 제주 오월

제주에 오시려면 오월에 오세요
밀감꽃 향기 그윽한 곳 찾아
과수원 근처에 숙소를 잡고 오세요
당신이 잠들면 오월 이슬 내려와
밀감꽃 쓰다듬으며
밤새 사랑할 거예요
오월 내내 별들이 내려보고
꽃들은 별들 올려보며
이슬이 전해주는 마음을 품어요

오월 제주에는
동박새 소리가 유난스럽죠
귤꽃 향기에 취해
새벽부터 노래하는 동박새
당신의 침실 창문을 노크할 거예요
귤꽃 흐드러진 오월 아침을 반기는
당신을 보고 싶어 할 거예요
당신이 머물다 가버리면
하얗던 꽃들은 누렇게 떠서
툭툭 제 자리를 떠나 버릴 거예요
그 꽃들이 앉았던 자리에는
동글동글 작은 밀감이 파이를 키우겠지요

제주를 찾을 때는
무거운 마음 가볍게 하고
복잡한 상념은 단순하게
쌓인 피로 툴툴 털어두고
노잣돈은 풍족하게 오세요

제주가 발목을 잡아당기면
그대로 주저앉아 밀감나무를 보살펴주세요

가을이면 귤 따서 팔고
겨울이면 따뜻한 온돌에서 쉬시다가
봄이 오면 밭을 갈아요
삭은 나무 가지치기하고
꽃이 피면 헛꽃은 따주고
열매 맺으면 적과 하다가
그러다 더워지면
시원한 나무 아래서 낮잠을 자고요

노란 뱀이 살짝 보이더라도
놀라지 말고 지나가기를 기다려요
직박구리가 보란 듯이 사랑놀이해도
흐뭇한 마음으로 윙크를 보내주세요
그러면 동박새가 맑고 고운 소리로
살짝살짝 노래할 거예요

제주에 오실 때는
향기 그윽한 오월에 오시고
숙소는
밀감나무 근처에 잡아요
동박새 소리 들으며 잠을 자요

제주에 오시려면
귤 꽃향기 그윽한 오월에 오세요

진모살 ᄌᆞ른모살 파도야

너월 멩글멍 넘쳐드는 물절아
물지둥 일려 세우멍 ᄃᆞᆯ려드는 바당절아
무신 ᄒᆞᆯ 말이 션 부수닥질ᄒᆞ염시니
얼마나나 ᄀᆞ를 말이 한한ᄒᆞ연
땅으로 육지로 ᄃᆞᆯ려들엄시니
진모살 ᄌᆞ른모살로 ᄃᆞᆯ려들엄시니
밀려들멍 헤싸지는 물보라야
모살밧을 파내멍 앙작ᄒᆞ는 바당절아
검은 절벡 들이대멍 웨울르는 물절아
관차녀다 궨결차녀다
부서지멍 부닥치라
시원ᄒᆞ게 웨울루닥질ᄒᆞ여불라
허연 물보라 씰언 간 자리 헉삭ᄒᆞ여도
시상을 엎어불곡 뒈싸거네
ᄄᆞ나진덴 ᄒᆞ민
메닥치고 뒈싸엎으멍이라도 몸질쳐봐사주
바당절아 부서지라
물절아 부닥치라
을큰ᄒᆞᆫ ᄆᆞ음 ᄆᆞᆫ 삭을때ᄁᆞ지
소리ᄒᆞ곡 부서지라
ᄇᆞᆫᄇᆞᆫᄒᆞ고 펜안ᄒᆞ여질 때ᄁᆞ지

진모살 ᄌᆞ른모살 파도야

너울을 만들며 넘쳐드는 물결아
물기둥 일으키며 달려드는 파도야
무슨 할 말이 있어 퍼붓는 거냐
얼마나 할 말이 많길래
뭍으로 뭍으로 달려드는 거냐
진모살 ᄌᆞ른모살로 달려드는 거냐
밀려들며 터지는 물보라야
모래밭을 파헤치며 울부짖는 파도야
검은 절벽 들이대며 소리치는 물결아
괜찮다 괜찮다
부시지고 부딪치라
시원하게 소리치고 울부짖으라
하얀 물보라 쓸고 간 자리 허전해도
세상을 덮치고 덮쳐
달라질 게 있다면
덮치고 뒤집어엎어서라도 몸부림쳐봐야지
파도야 부서지라
물결아 부딪치라
응어리진 마음 모두 삭을 때까지
소리치고 부서지라
잔잔하고 편안해질 때까지

태풍

ᄋᆢ름 바당에 밀련
주왁거리단 보난
아차 늦엇주마는
짓ᄃᆞᆯ으멍 감수다

ᄃᆞᆯ음박질ᄒᆞ당 보민
날도 우치고 ᄇᆞ름도 일주마는
때 맞추왕 ᄀᆞ슬철 멩글젱 ᄒᆞ민
ᄃᆞᆯ아사 ᄒᆞ쿠다

양착 손 모도완 비두에ᄒᆞ는
젯밥 얻어먹은 짐작도 이선
산도록ᄒᆞ게 감시메 ᄌᆞ들지 맙서

짚은 바당 일러 숙덱이멍
아쟁이ᄁᆞ지 뒈싸엎으멍
ᄆᆞᆼ켐 엇이 구짝
도리삽삽ᄒᆞ게 ᄇᆞ름 불멍 감시메
ᄒᆞ다 애ᄃᆞᆯ지 맙서

짓ᄃᆞᆯ으멍

아무상 엇이

큰 ᄇᆞ름으로 감수다

태풍

여름 바다에 밀려
머뭇거리다 보니
아차 늦었지만
마구 달려가고 있어요

달리다 보면
비도 오고 바람도 불겠지만
때맞추어 가을철 만들려면
달려야 합니다

양손 모아 기도하는
젯밥 먹은 인정 있어
시원히 가고 있으니 걱정하지 마세요

깊은 바다 들쑤시며
밑바닥까지 뒤엎으며
머뭇거림 없이 곧장
정신없이 바람 불며 가니
부디 섭섭해하지 마세요

마구 달리며
아무런 사고 없이
큰바람으로 가고 있어요

바당 알작지

산도록ᄒᆞᆫ ᄇᆞ름아
바당을 거시커들랑
ᄃᆞᆯ려드는 허연 파도 ᄆᆞᆫ저 달래어사

절지치멍 물 퉤는 허연 파도야
느 물 퉤언 ᄇᆞ름이 애ᄃᆞᆯ르난
알작지 소리로 달래어사

자그락지그락 소리ᄒᆞ는 알작지야
느 소리에 보리왓 생이덜 ᄂᆞᆯ아드난
보리 고고리 ᄂᆞᆯ 세완 마니고개 젓엄신게

마니고개 젓이는 우리 애기
산도록ᄒᆞᆫ ᄇᆞ름 불엄시난
바당 귀경이나 가게

우리 애기 젓ᄉᆞᆯ ᄀᆞᇀ은
ᄆᆞᆫ들ᄆᆞᆫ들ᄒᆞᆫ 알작지
ᄇᆞ름절에 물살절에 자그락자그락

졸린 눈 곰실곰실
우리 애기 좀 청ᄒᆞ는
알작지 소리 자그락자그락

바닷가 조약돌

시원한 바람아
바다를 건드리려면
달려드는 하얀 파도 먼저 달래야지

물결치며 물 되는 하얀 파도야
네가 물 되어 바람이 서글프니
조약돌 소리로 달래야지

자그락자그락 소리하는 조약돌아
네 소리에 보리밭 참새들 날아드니
보리 이삭 낟을 세워 도리질하는구나

도리질하는 우리 아기
시원한 바람 불어오니
바다 구경하러 가자

우리 아기 젖살 같은
매끈매끈한 조약돌
바람결에 물결에 자그락자그락

졸린 눈 깜박깜박
우리 아기 잠 청하는
조약돌 소리 자그락자그락

ᄋᆢ름 검질

우영에 호박 싱그민
왕상ᄒᆞᆫ 호박섭에
나단 검질 다 녹아불카 ᄒᆞ여신디
제완지가 지깍ᄒᆞ게 범벅지멍
호박 줄 덮어부런 어떵ᄒᆞ코

귤낭 ᄉᆞ시 봉숭아 싱그민
나단 검질도
꼿 냄살에 취행 녹아불카 ᄒᆞ여신디
쒜비눔이 ᄆᆞᆫ저 ᄌᆞ직ᄒᆞ게 범불레기젼
봉숭아꼿 쫄려부런 어떵ᄒᆞ코

삼복더우 멩심ᄒᆞ영
우영 검질 범불레기지고 데고
제완지 쒜비눔이 직각ᄒᆞ고 데고
두루싼 내불엇단
아미영ᄒᆞᆫ덴 제초제사 쳐지카!
우리 애기 먹고
우리 어멍 먹을 건디
하영 심들고 데고
밧고랑에 앚앙 검질을 멜 수베끼

여름 잡초

텃밭에 호박 심으면
무성한 호박잎에
나던 잡초 모두 녹아버릴까 했는데
바랭이가 빽빽하게 뒤엉키며
호박 줄 덮어버려서 어떡하나

밀감나무 사이 봉숭아 심으면
돋아나던 잡초도
꽃 냄새에 취해서 녹아버릴까 했는데
쇠비름이 먼저 촘촘하게 뒤 헝클어지며
봉숭아꽃 떠돌려서 어떡하나

삼복더위 명심해서
텃밭 잡초 뒤엉키든 말든
바랭이 쇠비름이 빽빽하든 말든
내팽개쳐버렸다가
아무려면 제초제를 칠 수 있나!
우리 아기 먹고
우리 엄마 먹을 것인데
많이 힘들더라도
밭고랑에 앉아 잡초를 뽑을 수밖에

멍쿠젱이 누룩낭

아무짝에도 쓸메엇인
베베 뒈와진 심술다리추룩
지레는 ᄒᆞ꼴락헤둠서
넘어뎅이는 질손 발목이나 줍아뎅이는
야냥게 제운 부재칩 마당 우이
거친 몸 아무상엇이

언 ᄇᆞ름 불자마자 섭 털려 불고
눌씬 저슬ᄇᆞ름 우이 ᄆᆞᆫ 벗어둠서
가젱이 ᄒᆞ나 가냥ᄒᆞ지 못ᄒᆞ연게마는
저슬 넘언 새봄 나난 실련 죽은 ᄌᆞᆫ가젱이
툭툭 털어내뒨
그 ᄆᆞ작에 새섭 피완 올리는

ᄀᆞᆯ갱이ᄌᆞ록 노릇도
윷놀이 윷가락도 못ᄒᆞ주마는
기영ᄒᆞ여도
멍쿠젱이 누룩낭이
느와 나 놀단 케 지키엄서라

옹이 진 느릅나무

아무짝에도 쓸모없는
비비 꼬인 심술쟁이처럼
키는 작달막하고선
지나다니는 길손 발목이나 잡아당기는
호사 넘치는 부잣집 마당 위에
거친 나뭇가지 아무렇지 않게

추운 바람 불자마자 이파리 떨어져 버리고
날쌘 겨울바람에 모두 벌거벗어
가지 하나 챙기지 못하더니만
겨울 넘겨 새봄 나니 얼어 죽은 잔가지
툭툭 털어두고
그 마디에 새싹 피워 올리는

호밋자루 구실도
윷놀이 윷가락도 못 하지마는
그러하여도
옹이 진 누룩 나무가
너와 나 놀던 고향 목장 지키고 있다

섶섬

메조록메조록
두 귀 조짝 세운 베염 ᄒᆞᆫ ᄆᆞ리
서귀포 앞
지귀도광 섶섬 ᄉᆞ시
바당소곱 가늠ᄒᆞᆫ다

바당물 출랑일 때
ᄃᆞᆯ빗 구슬 ᄇᆞ린 듯 만 듯
ᄒᆞᆫ저 ᄎᆞᆽ아보렌
헤양ᄒᆞ게 절치는 섬

으남 ᄀᆞ득은 섬 봉데기
ᄆᆞᆰ게 걷어사 홀지
검게 덮어사 홀지
ᄃᆞᆯ빗 구슬 을큰ᄒᆞ연
꾸물락꾸물락 섬광 섬 ᄉᆞ시
너울 이는 물살 가늠ᄒᆞᆫ다

섶섬

비죽비죽
두 귀 쫑긋 세운 뱀 한 마리
서귀포 앞
지귀도와 섶섬 사이
바닷속을 가늠한다

바닷물 출렁일 때
달빛 구슬 본 듯 만 듯
어서 찾아보라
하얗게 파도치는 섬

안개 가득한 섬 꼭대기
맑게 걷어야 할지
검게 덮어야 할지
달빛 구슬 서운하여
꾸물꾸물 섬과 섬 사이
너울 이는 물살 가늠한다

비는 누게 거라

아라동 ᄒᆞ꼴락ᄒᆞᆫ 정원에 비 오람저
톡톡 꼿봉오지 터지는 ᄎᆞ고롱ᄒᆞᆷ에
비 오라가난 낭섭 축축 늘어지는디
우산 써아정 정원을 걸엇주
혼차 걸엇주마는 ᄋᆢᇁ이 누게가 이신 거추룩
자꾸 ᄂᆞ단착이 ᄀᆞᆫ질거렴저

비 오는 날 끔끔한 생이소리
아칙 땟거리 ᄎᆞᆽ앙
낭가젱이 우티로
태역밧 알로
주왁거리단 소리 ᄆᆞᆫ 어디 가신고

빗방울은 누게 건고
빗 수정은 얼마니나 뒘신고
세어봐신디 ᄂᆞ시 못 세알리커라

정원 주연은 누겐고
비 오는 날은 해가 어시난 태양이 주연은 아니곡
생이소리 끔끔ᄒᆞ난 생이덜 것도 아니여
빗살 ᄉᆞ이로 어느 집 강셍이산디
쪼끌락ᄒᆞᆫ 허연 개 ᄒᆞᆫ ᄆᆞ리
정원 구석구석 이녁 오줌 ᄀᆞᆯ기멍 뎅겸구나

비는 누구의 것인가

아라동 조그만 정원에 비 내린다
툭툭 꽃망울을 터트리는 촉촉함에는
비 내리니 나뭇잎 툭툭 늘어지는데
우산을 쓰고 정원을 걸었다
혼자 걸었지만 옆에 누군가 있는 것처럼
자꾸 오른쪽 옆을 의식한다

비 내리는 날 뜸한 새소리.
아침 먹을거리를 찾아
나뭇가지 위로
잔디마당 아래로
주억거리던 새소리 모두 어디로 갔나

빗방울은 누구 것인가
빗방울 수는 얼마나 되나
헤아려보지만 끝내 헤아리질 못했다

정원 주인은 누구인가
비 오는 날은 해가 없으니 태양의 것은 아니고
새소리도 뜸하니 새가 주인은 아니다
비 사이로 어느 집 강아지인지
조그만 하얀 개 한 마리
정원 구석구석 제 오줌을 지리며 다닌다

2

산문

진달레고장 피던 날

올렛문 훤ᄒᆞ게 ᄋᆞᆯ아놓은 우리 집, 동네 예펜 삼춘덜 오멍 가멍 ᄌᆞ르진 ᄉᆞ이에 아부지영 오라방, 소나이 삼춘덜은 개끗이 도세기 그슬리레 갓단 오는 셍인고라 손수레 우이 벌겅ᄒᆞᆫ 핏물이 뚝뚝 털어지는 ᄀᆞᆫ 잡은 도세기 궤기가 낭푼마다 ᄀᆞ득ᄀᆞ득 담안 싯고, 도세기 베술은 비닐 비료 푸대에 담아진 냥 실려 왓다. 마당 ᄒᆞᆫ펜이선 궤기 ᄉᆞᆱ을 큰큰ᄒᆞᆫ 검은 가메솟디 물이 꿰기 시작ᄒᆞ고 실러 온 궤기덜을 팔팔 꿰는 가메솟더레 들이치멍 낭불을 와랑와랑 ᄉᆞᆷ는다. 그 ᄋᆢᇁ이선 도세기 피에 ᄆᆞ멀ᄏᆞ를광 패마농 썬 거영 물에 불린 ᄎᆞᆸᄊᆞᆯ을 잘 버무린 수웨 속을, 왕소금으로 박박 싯은 도세기 베술에 담앙 끈으로 ᄌᆞᆯ끈 묶으는 수웨 멩그는 손놀림이 재다.

마당에 쳐진 천막 소곱 바닥에 보릿낭을 ᄁᆞᆫ 후제 그 우티 멍석을 ᄁᆞᆯ아 듬서 부침개 요리영 하간 음석 멩글 채비ᄒᆞ시는 외숙모님이 나를 불르멍 말ᄒᆞ시길 "오널 지낭 낼랑 느 가불민 이 집이 헉삭ᄒᆞ영 느네 어멍 막 섭섭ᄒᆞᆯ지 몰르난 오널내일 어멍신디 눈 잘 주곡, 느량 빙삭빙삭 웃어사 ᄒᆞᆫ다. 동네 삼촌덜신디 인ᄉᆞ도 잘ᄒᆞ여산다이." ᄀᆞᆯ아뒌에 "착ᄒᆞᆫ 나 조케야, 착ᄒᆞᆫ 나 조케야!" ᄒᆞ멍 나를 어릅씨는 외숙모님 눈망울이 축축ᄒᆞ여진다. 누게가 기벨헤신디사 동네 사름덜이영 궨당 어르신덜이 담아들엉 이일 저 일 도웨고, 나 한 어르신덜은 방에 앚앙 ᄋᆞᆼ 저ᄋᆞᆼ ᄒᆞᆫ 예식에 필요ᄒᆞᆫ 예장 등을

ᄉᆞᆯ피멍 부족ᄒᆞᆫ 것은 채우고, 고찔 건 ᄄᆞ시 고쩌가멍 화기애애 말꼿이 피엇다. 젊은 소나이 삼춘덜은 바깟디서 윳이여 모여 ᄒᆞ멍 종제기윳을 노는디, ᄆᆞᆯ 쓴 삼춘 눈짓 손짓에 윳을 데끼멍 윳 수에 ᄄᆞ라 함성도 나오고, 끌끌 세 차는 소리가 엇갈리멍 왁자ᄒᆞ다. 천막 소곱이선 하간 요리를 ᄒᆞ는 예펜 삼춘덜 소도리꼿이 핀다. “알녁집이 순덱이는 아덜 쌍둥이 낳젠 ᄒᆞᆸ디다양.” “기여게, 말도 말라 쌍둥이 어멍 순덱이가 그 물애기 둘을 건서ᄒᆞ젱 ᄒᆞ난 막 애쓰단 버천 큰외할망이 애기업게 헴젠 ᄒᆞ여라.” “게난 애기 아방은 뭐 ᄒᆞ곡마씀?” “그 애기 아방은 취직ᄒᆞ젠 순경 시험 봐신디, ᄉᆞ망일게 잘 뒈언 경찰ᄒᆞᆨ교 공부ᄒᆞ레 가부렷젠ᄒᆞ여게.” “게난 아방 엇이 애기 어멍이영 큰외할망이 막 고생헴꾸나양.” “으게, 순덱이 어멍은 순덱이 드린 때 죽어부난 그 할망이 순덱이네 성제를 키와신디 이젠 손손지ᄁᆞ지 봐줨젠게.” “아고 성님, 소문 들읍디가? 웃녁집이 개똥이 아방이 일본 밀항 갓단 껄련 ᄒᆞᆫ 열두해 만이 오람젠 헴수다.” “게메게, 개똥이 아방이 일본서 돈도 하영 버실언 보내난 그 돈으로 땅도 사곡 집 장만도 ᄒᆞ연 고생ᄒᆞᆫ 보네가 이시커라.” “게난 마씀게.” ᄒᆞ멍 이말 저말 하간 말덜이 ᄆᆞ끌줄을 모르는디, 신랑광 부신랑이 왓젠 ᄒᆞ난 삼춘덜이 ᄆᆞᆫ 신랑 일행신디 귀를 주우릇ᄒᆞ멍 ᄀᆞᆫ단 말덜이 ᄌᆞᆷᄌᆞᆷᄒᆞ여진다. 신랑은 궨당 어르신덜이 앗안이신 큰 방으로 들어간 인ᄉᆞ를 ᄒᆞ곡, 부신랑은 천막 소곱 동네 예펜 삼춘덜신디 봉투를 안네멍 “수고헴수다양, 이거 박카스라도 ᄒᆞᆫ 펭썩 ᄒᆞ멍 ᄒᆞ십서.” ᄀᆞᆯ멍 봉투를 안네난 ᄒᆞᆫ 삼춘이 봉투를 받안 얼른 베리쌍 봐뒨에 “ᄎᆞ마도가라, 요걸 신부 깝이엔 줌이라! 말다 ᄀᆞ정가라 안 받으켜.” ᄒᆞ멍 물리난 부신랑 주멩기에서 봉투 ᄒᆞ나가 더 나온다. 그 봉투는 ᄒᆞ꼼 두둑ᄒᆞ여신고라 봉투를 받은 삼춘이 그 자리에서 홍얼거리멍 “게민 경이나 헤사주, 요 정도는 받아사주게! 게난 지가 새시방이라?” “아니마씀 난 부신랑

마씀게, 새시방은 방에 간 어르신덜이영 말골암수다." "에에 새시방을 드령와사주게." ᄒᆞ멍 봉투를 물린다. "ᄒᆞ꼼만 이십서양, 새시방 곧 드령오쿠다." ᄒᆞ더니 ᄒᆞ꼼시난 말쑥ᄒᆞ게 출련입은 신랑이 들어완 신랑 찍시렝 ᄒᆞ멍 물린 봉투에 ᄄᆞ시 봉투ᄒᆞ나를 더 놘 안네난 삼춘덜은 반득ᄒᆞ게 인사ᄒᆞ는 신랑광 ᄒᆞ나 더 늘어난 봉투에 코삿ᄒᆞ멍 덕담추룩 "아덜뚤 하영 낭 잘 살아사 ᄒᆞ여이." 합창추룩 ᄒᆞᆫ 입으로 말부주ᄒᆞᆫ다. 신랑은 꾸박꾸박 절을 ᄒᆞ여둰 "낼랑 보게마씀양." ᄒᆞ멍 돌아가고 나난 제법 밤이 짚엇다. 윷 놀아난 멍석에도 불이 꺼지고, 천막에서 하간 지짐이영 음석을 멩글단 삼춘덜도 ᄒᆞ나둘 일어산 집이덜 돌아갓다. 외숙모영 이모님이 늦게ᄁᆞ지 남안 밤 설음질을 ᄒᆞ고, 뒷 날을 위ᄒᆞᆫ 단속을 ᄒᆞ여둰에 집이 가분후제사 어무니가 나를 불르멍 "낼 일 생각ᄒᆞ영 ᄒᆞᆫ숨 부치라. 나도 자사켜." ᄒᆞ시멍 나양지를 어릅쓰시는 어무니 눈공ᄌᆞ가 빈찍엿다. 마당 ᄒᆞᆫ펜이 궤기 솖단 솟덕에 불이 사그라든다.

뒷녁 날 아칙 일찍 아부지 시김 말 들으멍 문전고ᄉᆞ를 ᄒᆞ연 나사난, 신부 화장을 맡은 미용사 언니가 미용 소품덜을 아산 동새벡이 ᄎᆞ아 들엇다. 신부단장을 ᄒᆞ고 드레스로 ᄀᆞᆯ아 입으난 새각시 혼차 앚이기엔 쫍짝ᄒᆞᆫ 거추룩 방이 훤ᄒᆞ다. ᄒᆞ꼼시난 고모할망이 문을 ᄉᆞᆯ히 율멍 들어와거네 "곱다, 나도 ᄋᆞᆼᄒᆞᆫ 날이 이서신디 언제 늙어부러신고 ᄆᆞᆯ르켜. 게구제구 오널랑 하영 먹지 말라이. 그 새각시 옷 입엉 오줌누레 가젱ᄒᆞ민 곤란ᄒᆞ난 흠치 물 ᄀᆞᇀ은 건 들이싸지 말아사 ᄒᆞᆫ다이." ᄒᆞᆫ 곡지 ᄀᆞᆯ아둰 부주 봉투를 손가방에 쏘옥 찔러주신다. 부신부역을 맡은 친구가 곱닥ᄒᆞ게 싸진 손수건을 세멍 ᄀᆞᆮ는 말 "손수건 ᄒᆞᆫ 서른 장만 ᄑᆞᆯ민 뒐꺼라이!" ᄒᆞ니, ᄀᆞ리에 오라방이 자웃거리단 "손수건 ᄒᆞᆫ 벡 장은 ᄑᆞᆯ아사주게!" ᄒᆞ멍 입부주를

ᄒᆞ신다.

예식장에서 예식을 ᄒᆞ는디 ᄋᆢᇁ이 산 이신 신랑이 얼어신ᄀᆞ라 하도 달달달 터는 통에 신랑 신부 맞절은 어떵ᄒᆞ고, 주례는 무시거옌 ᄀᆞᆯ아신디사, 정신출령보난 산천단 곰솔 낭 아래서 사진 찍을 때사 서로의 얼굴을 볼 수 이섯다. 봄날 훤ᄒᆞᆫ 대낮에 퍼렁ᄒᆞᆫ 하늘은 신랑 신부 새 출발을 축원ᄒᆞ는 것추룩 구름 ᄒᆞᆫ 점 엇이 맑고 곱다. 생이소리 오조조조 들리는디 간간이 불어오는 ᄇᆞ름이 희디흰 드레스를 ᄉᆞᆯ짝ᄉᆞᆯ짝 들러보멍 자파리ᄒᆞ는 것 ᄀᆞᇀ은 날이다.

신랑 신부가 신랑 본가에 들어가는 시간이 ᄄᆞ로 이선 산천단 곰솔낭 아래서 놀단 신랑 본가에 들어간 보난, 아부지영 ᄀᆞ찌 궨당 어르신 멧 분이 ᄇᆞᆯ써 신랑 본가에 완에 사둔지간에 덕담을 나누고 이섯다. 미용사 언니 도웸을 받으멍 예식용 드레스에서 한복 치메저고리로 ᄀᆞᆯ아입언 씨녁 어르신덜신디 큰절로 인ᄉᆞ를 ᄒᆞ는디 초가삼간 ᄀᆞ득ᄒᆞᆫ ᄋᆢ라 눈이 나를 보고 이신 거 닮안 양지가 화끈거린다. 인ᄉᆞ를 ᄆᆞ치고 먼저 완 이신 아부지안티도 큰절ᄒᆞ엿다. 아부지는 술 ᄒᆞᆫ잔ᄒᆞ셧는지 ᄇᆞᆯ그레ᄒᆞᆫ 얼굴로 나를 보시는 눈이 무사산디 슬프게만 보인다. 신랑 본집이서 사둔 열멩이 끝나난 사둔지간에 헤어지는 인ᄉᆞ를 ᄒᆞ고 돌아가는 질에, 아부지는 정제영 마당에서 자웃거리는 동네 사름덜신디 손을 내어 악수를 청ᄒᆞᆫ다. 똘을 잘 부탁ᄒᆞᆫ다며 굽신거리는 모습이 눈어쁘고 속상ᄒᆞ다. 당신 귀ᄒᆞᆫ 똘이 시집살이 메누리로 살아갈 것을 생각ᄒᆞ멍 고생 덜ᄒᆞ고 궤삼봉받으멍 살아시민 ᄒᆞ는 ᄆᆞ음은 세상 어멍 아방 ᄆᆞᆫ ᄒᆞᆫᄆᆞ음일 것이다. 아부지 돌아가시는 질에, 집 앞이 마주ᄒᆞ는 밀감낭 짓은 낭밧광 울안을 둘러싼 이신 오래된 돌담, 사스락담으로 다운 우영팟더레도 눈을 주시고, 마당 ᄒᆞᆫ펜이 문을 훤ᄒᆞ게 ᄋᆞᆯ아잦힌 밀감창고, 장독대광 수돗가 서답터, 우잣 ᄒᆞᆫ구석에 이신 통시, 마당에 둥굴어 뎅이는 개밥 사발에ᄁᆞ지 ᄒᆞ나ᄒᆞ나 ᄌᆞᆺᄌᆞᆺ이 눈을 주시는 아부지, 아부지 눈길을 ᄄᆞ라가단 보난 ᄏᆞᆺ등이 찡ᄒᆞ멍 눈물방울이 자락 털어진다. 나오는 눈물을 눈 속으로 곱지젠 ᄒᆞ민 ᄒᆞᆯ수록 그렁그렁 손아지는 눈물이다. 아부지 역시 가단 질 돌아사멍 당신 뚤을 베려보고 ᄄᆞ시 돌아보시곤 기어이 묵직ᄒᆞᆫ 얼굴에 눈물을 찍으시는 아부지. ᄌᆞᄁᆞᆺ디 이신 사름덜도 ᄀᆞ찌 눈물 벗 퉤어주멍 눈물 부주를 ᄒᆞᆫ다. 아부지를 배웅ᄒᆞ젠 올렛문을 나사는디 올레에 피언 이신 연분홍 진달레고장 멧 송이가 아부지영 나 눈길을 줍아 뎅긴다.

진달래꽃 피던 날

대문 훤하게 열어놓은 우리 집, 동네 여자 삼촌들이 오며 가며 바쁜 사이에 아버지와 오빠, 남자 삼촌들은 갯가에 돼지 잡으러 갔다가 오는 모양인지 손수레 위에 붉은 핏물이 뚝뚝 떨어지는 갓 잡은 돼지고기가 양푼마다 가득가득 담겨 있고, 돼지 내장은 비닐 비료 포대에 담아진 채 실려 왔다. 마당 한쪽에는 고기 삶을 큰 검은 가마솥에 물이 꿰기 시작하고 실어 온 고기들을 펄펄 끓는 가마솥에 집어놓아 장작불을 활활 땐다. 그 옆에 선 돼지 피에 메밀가루와 실파 썬 것과 물에 불린 찹쌀을 잘 섞은 순대 속을, 왕소금으로 박박 문질러 씻은 돼지 창자에 담아 끈으로 졸라 묶는 순대 만드는 손놀림이 빠르다.

마당에 쳐진 천막 안 바닥은 보릿짚을 깐 후에 그 위 멍석을 깔아놓고 부침개 요리와 여러 음식 만들 채비하시는 외숙모님이 나를 부르며 말씀하시길 "오늘내일 지나 너 가버리면 이 집이 허전하여 너희 엄마 매우 섭섭할지 모르니 오늘내일 엄마에게 눈길 잘 주고, 늘 방실방실 웃어야 한다. 동네 삼촌들에게 인사도 잘하거라.:" 말해두고 "착한 내 조카야, 착한 내 조카야!" 하며 나를 쓰다듬는 외숙모님 눈망울이 촉촉하여진다. 누가 기별하였는지 동네 사람들과 친척 어르신들이 모여들어 이일 저 일 거들고, 나이 많은 어르신들은 방에 앉아 이런저런 예식에 필요한 예장 등을 살피며 부족한 것은 채우고, 고칠 건 다시 고쳐가며 화기애애 이야기꽃이 피었다. 젊은 남자 삼촌들은 바깥에서 윷이야 모야 하며 종지윷을 노는데, 심판 보는 삼촌 눈짓 손짓에 윷을 던지다가 나오는 윷 수에 따라 함성도 나오고, 끌끌 혀 차는 소리가 엇갈리며 왁자하다. 천막 안에선 여러 가지 다양한 요리를 하는 여자 삼촌들 이야기꽃이 핀다. "아랫집에 순덕이는 아들 쌍둥이 낳았다고 합니다." "그러게, 말도 마라 쌍둥이 엄마 순덕이가 그 갓난아기 둘을 키우려 하니 힘들어 외증조할머니가 아기 업게 한다더라." "그러면 아기 아빠는 뭐 하고요?" "그 아기 아빠는 취직하려 순경 시험 봤는데, 운 좋게 잘 되어서 경찰학교 공부하러 가버렸다지." "그러면 아빠 없이 아기 엄마와 외증조할머니가 아주 고생하는군요." "그래, 순덕이 엄마는 순덕이 어릴 때 돌아가셔서 그 할머니가 순덕이네 자매를 키웠는데 이젠 증손자까지 봐준다네." "아이고 언니, 소문 들으셨어요? 윗집에 개똥이 아빠가 일본 밀항 갔었는데 발각되어 한 12년 만에 돌아온다네요." "그러게, 개똥이 아빠가 일본에서 돈도 많이 벌어

보내어 그 돈으로 땅도 사고 집도 마련하니 고생한 보람이 있겠어." "그러게 말입니다." 하며 이말 저말 여러 말들이 끝이 없는데, 신랑과 부신랑이 왔다 하니 삼촌들은 모두 신랑 일행에게 귀를 기울이고 하던 말들이 잠잠해진다. 신랑은 친척 어르신들이 앉아계신 큰 방으로 들어가 인사를 하고, 부신랑은 천막 속 동네 여자 삼촌들에게 봉투를 드리며 "수고하십니다, 이거 박카스라도 한 병씩 사드십시오." 하며 봉투를 건네니 한 삼촌이 봉투를 받아 얼른 들여다보고는 "어찌 이럴 수가, 이걸 신부 값이라고 준단 말인가! 싫다 가져가시게. 받지 않겠네" 하며 물리니 부신랑 주머니에서 봉투 하나가 더 나오는데 조금 두툼하였는지 봉투를 받아 본 삼촌이 그 자리에서 홍얼거리며 "그럼 그렇지, 이 정도는 되어야지! 그러면 자네가 새신랑인가?" "아닙니다. 저는 부신랑이고 새신랑은 방에 들어 어르신들에게 인사드리고 있습니다." 하니 "어허 새신랑을 데려와야지." 하며 으름장을 놓는다. "조금만 계십시오, 새신랑 곧 데려오겠습니다." 하더니 잠시 있다가 말쑥하게 차려입은 신랑이 들어와 신랑 몫이라며 봉투 하나를 더 건넨다. 삼촌들은 깍듯하게 인사하는 신랑과 하나 더 늘어난 봉투에 기분이 좋았는지 덕담처럼 "아들딸 많이 나서 잘 살아야 한다." 합창처럼 입을 모아 축원을 한다. 신랑은 굽신굽신 절을 하고는 '내일 뵙겠습니다.' 하며 돌아가고 나니 제법 밤이 깊었다. 윷을 놀던 멍석에도 불이 꺼지고, 천막에서 여러 가지 부침개와 음식을 만들던 삼촌들도 하나둘 일어서서 집으로 돌아갔다. 외숙모와 이모님이 늦게까지 남으셔서 밤 설거지를 하시고, 내일을 위한 단속을 한 후에 집으로 돌아가시자 어머니가 나를 부르며 "내일 생각하여 한잠 자거라. 나도 자야겠다." 하시고는 내 얼굴을 어름 쓰시는데 어머니 눈이 촉촉하여진다. 마당 한쪽에 고기 삶던 아궁이 불이 사그라든다.

다음 날 아침 일찍 아버지 말을 받들어 문전고사를 지내고 났더니, 신부 화장을 맡은 미용사 언니가 미용 소품들을 가지고 이른 새벽에 찾아 들었다. 신부 화장을 하고 드레스로 갈아입고 나니 신부 혼자 앉아 있기에도 비좁은 것처럼 방안이 환하다. 조금 있으니 고모할머니가 문을 살며시 열며 들어오시고는 "곱다, 나도 이런 날이 있었는데 언제 이렇게 늙어버렸는지 모르겠네. 그나저나 오늘은 많이 먹지 말아라. 그 신부 옷을 입고 화장실 가려면 곤란하니 아예 물 같은 건 마시지 말아라." 말씀하시곤 부조금을 핸드백에 넣어주신다. 부신부역을 맡은 친구가 예쁘게 포장된 손수건을 세면서 하는 말 "손수건 한 서른 장만 팔면 되겠지!" 하니, 마침 기웃거리던 오빠가 "손수건 한 백 장은 팔아야지!" 하면서 말을 붙인다.

예식장에서 예식을 하는데 옆에 서 있는 신랑이 긴장되었는지 덜덜덜 떠는 바람에 신랑 신부 맞절은 어떻게 하고, 주례는 뭐라고 했는지, 정신 차려 보니 산천단 곰솔 나무 아래서 사진 찍을 때야 서로의 얼굴을 볼 수 있었다. 봄날 훤한 대낮에 파란 하늘은 신랑 신부 새 출발을 축원하는 것처럼 구름 한 점 없이 맑고 곱다. 새소리 오조조조 들리는데 사이사이 불어오는 바람이 희디흰 드레스를 살짝살짝 들춰보며 장난하는 것 같은 날이다.

신랑 신부가 신랑 본가에 들어가는 시간이 따로 있어 산천단 곰솔 나무 아래서 놀다가 신랑 본가에 들어가 보니, 아버지와 함께 친척 어르신 몇 분이 벌써 신랑 본가에 와서는 사돈지간에 덕담을 나누고 있었다. 미용사 언니 도움을 받으며 예식용 드레스에서 한복 치마저고리로 갈아입고는 시댁 어르신들께 큰절로 인사를 하는데 초가삼간 가득한 여러 눈이 나를 보고 있는 것 같아 얼굴이 화끈거린다. 인사를 마치고 먼저 와 계신 아버지에게도 큰절을하였다. 아버지는 술 한잔하셨는지 불그레한 얼굴로 나를 보시는 눈이 왠지 슬프게만 보인다. 신랑 본집에서 사돈인사 끝나니 사돈지간에 헤어지는 인사를 하고 돌아가는 길에, 아버지는 부엌과 마당에서 기웃거리는 동네 사람들에게 손을 내어 악수를 청한다. 딸을 잘 부탁한다며 굽신거리는 모습이 안타깝고 속상하다. 당신 귀한 딸이 시집살이 며느리로 살아갈 것을 생각하며 고생 덜하고 사랑받으며 살았으면 하는 마음은 세상 어머니 아버지 모두가 한마음일 것이다. 아버지 돌아가시는 길에, 집 앞에 마주하는 밀감나무 우거진 과수원과 울 안을 둘러있는 오래된 돌담, 자갈 담으로 두른 텃밭에도 눈길을 주시고, 마당 한쪽에 문을 훤히 열어젖힌 밀감창고, 장독대와 수돗가 빨래터, 마당 한구석에 있는 화장실, 마당에 뒹굴어 다니는 개밥 그릇에까지 하나하나 세심히 눈길을 주시는 아버지, 아버지 눈길을 따라가다 보니 콧등이 찡하며 눈물이 왈칵 쏟아진다. 나오는 눈물을 눈 속으로 숨기려 하면 할수록 그렁그렁 쏟아지는 눈물이다. 아버지 역시 가던 길 돌아서서 당신 딸을 바라보고 다시 돌아보시곤 기어이 묵직한 얼굴에 눈물을 찍으시는 아버지. 곁에 있던 사람들도 함께 눈물 벗 되어주며 눈물 부조를 한다. 아버지를 배웅하려 대문을 나서는데 올래에 피어있는 연분홍 진달래꽃 몇 송이가 아버지와 내 눈길을 잡아당긴다.

엿 멩글아 봅디가!

나 두릴 적 우리 동네선 ᄀᆞ을 농ᄉᆞ ᄆᆞ치곡 저슬 들엉 날이 얼어가민 집집마다는 아니주마는 하간 디서덜 돗제를 ᄒᆞ는 집이 하영 이섯다. 우리 집이도 우리 어멍 고집으로 이삼 년에 ᄒᆞᆫ번썩 심방 불러당 일을 넹기는디 그때마다 우리 아방은 ᄆᆞ실 나갓당 들어오셧다. ᄒᆞᆫ번은 궨당칩이 어멍 심부름 갓이난 아부지가 그 집이서 바둑을 두멍 "족은년아, 게난 느네 어멍 일은 다 ᄆᆞᆺ까시냐?" ᄒᆞ멍 들어본 후제사 집이 돌아와나신디, 일을 넹겨 나민 동네잔치랏다. 자릿도세기를 봄이부떠 질루왕 ᄀᆞ실 들민 막 잘 멕영 ᄉᆞᆯ찌웁곡, 좋은 날 받앙 제를 넹기젱 ᄒᆞ민 메틀 전이부떠 먼문간에 손을 메연 몸 비린 사름 못 들어오게 ᄒᆞ곡, 초상집이나 굿인일 난 디는 뎅이지 아니ᄒᆞ는 정성을 딜엿당 날을 넹겨나신디, 일 넹겨난 후젠 궤깃반을 ᄀᆞ젼 동네 골목골목 ᄒᆞᆫ집이도 털어치지 안ᄒᆞ연 ᄎᆞᆺ안 뎅이멍 인ᄉᆞ를 ᄒᆞ여낫다.

돗제 ᄒᆞᆯ 때 도세기 제물은 온체 올림으로 부위별 ᄆᆞᆫ ᄒᆞᆫ꼼썩 젱반에 올려둠서 제를 ᄒᆞᆫ다. 도세기 ᄉᆞᆱ아난 물은 ᄎᆞᆸᄊᆞᆯ이영 ᄆᆞᆷ이영 놓앙 죽을 쒀거네 ᄒᆞᆫ 낭푼썩 동네 태우기도 ᄒᆞ여낫다.

돗제ᄒᆞ여난 남은 궤기는 저슬에 몸보신ᄒᆞᆯ 양석으로 엿을 멩글안 먹어신디 엿을 ᄌᆞᆺ가나민 방이 ᄄᆞᆺᄄᆞᆺᄒᆞ단 버천 지져와낫다. 경ᄒᆞ곡 정제는 낭불을 솜앙 밥 ᄒᆞ는 온돌솟덕이라부난 오래 써가민 그시렁이 천장에 일엉 정제가 ᄆᆞᆫ 거멍ᄒᆞ주마는 어멍 손질, 큰ᄄᆞᆯ 족은ᄄᆞᆯ 손질 타민 솟덕이영 살레영 정제 바닥은 빈질빈질 윤이나낫다. 경ᄒᆞᆫ디 천장만은 ᄌᆞ주 닦아주질 못ᄒᆞ난 그시렁이 하영 일어네 엿 ᄒᆞᆯ 때만은 천장 그시렁이 여간 성가신 게 아니랏다.

ᄃᆞᆯ코롬ᄒᆞᆫ 엿은 저슬 영양보충으로 메헤 엿을 ᄌᆞᆺ구는 게 연중 일이랏다. 이제 지금도 두릴 적 엿을 ᄌᆞᆺ구단 생각 ᄒᆞ멍 부엌 싱크대 가스 불에서 엿을 멩글앙 어멍신디 ᄀᆞ정간다. 우리 어멍 아흔 넘엇주마는 ᄄᆞ난 군음식 좋다 궂다 인ᄉᆞ가 읏어도 엿 만큼은 ᄒᆞᆫ 냄비 ᄀᆞ저당안네민 빙섹이 웃이멍 “야이 지금 때가 어느 때고, 엿을 ᄌᆞᆺ구게! 게난 이 엿을 ᄌᆞᆺ구젠 ᄒᆞ난 얼마니나 애써실꺼고게. 막 맛좋다.” ᄒᆞ멍 손가락으로 엿을 확 찍엉 먹어보멍 입ᄀᆞ에는 웃음이 번진다. 경ᄒᆞ멍 “게난 엿은 어떵 멩글아시니? 누게가 ᄀᆞᆯ아줘니?” 물으민 “아고게, 이멍신디 베운 거 아니우꽈게. 우리 어멍 헤년마다 엿 ᄌᆞᆺ구는 거 보멍 살아 온 ᄄᆞᆯ인디 그거 못 ᄒᆞᆷ니까!” ᄒᆞ멍 막 우쭐ᄒᆞ여진다.

엿을 멩글젱 ᄒᆞ민 예전이는 ᄀᆞ슬부떠 겉보리를 물에 불령 보리 순을 티완 ᄆᆞ리곡, ᄆᆞ린 ᄀᆞᆯ을 방엣공장이서 ᄀᆞᆯ아단 써낫다. 요세는 ᄀᆞᆯᄀᆞ룰을 마직마직 포장ᄒᆞ연 ᄑᆞ는 디가 서부난 ᄀᆞᆯ 티우는 공은 면ᄒᆞ게 뒈언 막 소망일엇다.

요세 엿 멩글젱 ᄒᆞ민 좁ᄊᆞᆯ 두뒈, 촙ᄊᆞᆯ 두뒈, ᄀᆞᆯᄀᆞ루 두뒈, 오리궤기 두ᄆᆞ리, 인솜 서너 뿔리가 이서사 ᄒᆞ는디, 인솜광 오리궤기는 때에 ᄄᆞ랑 ᄄᆞ난 것도 쓴다.

좁ᄊᆞᆯ광 촙ᄊᆞᆯ은 곱닥ᄒᆞ게 싯어거네 밥을 ᄒᆞ영 고슬고슬 익으민, 큰 낭

푼이에 밥을 퍼 둠서 ᄒᆞᆫ꼼 식영 ᄄᆞᆺᄄᆞᆺᄒᆞᆯ 때 골ᄀᆞ룰을 밥더레 풀어낭 골로 루 잘 버무린 걸 엿밥이옌 ᄒᆞ는디, 그 엿밥을 뚜껭 이신 찜솟이나 들통에 놓아거네 ᄄᆞᆺᄄᆞᆺᄒᆞᆫ 아렛목에 묻엉 ᄋᆞᄃᆞᆸ시간 안팟으로 궬 때ᄁᆞ지 놔두는 것이 중ᄒᆞ다. 막 ᄄᆞᆺᄄᆞᆺᄒᆞ민 엿물이 쉬어불곡, 너미 얼민 잘 궤지 못 ᄒᆞ영 애먹기도 ᄒᆞᆫ다. 요지금사 전기장판이여 온장고여 보온 밥솟이여 엿밥 색이는 것에 베랑 어려움이 엇주마는, 우리 어멍네 엿밥 색일 땐 족은방이 이불 페와놔둠서 군불 굴묵도 짇어낫다

엿밥이 궬만ᄒᆞᆫ 시간이 뒈언 뚜껭을 욜안보민 밥이 문작ᄒᆞ게 색여거네 밥 우티 손고락을 찔렁방 물이 자작ᄒᆞ게 골르민 잘 색여진 거다. 잘 색여진 엿밥을 베 험벅에 짜민 엿물이 나오는디 ᄒᆞᆫ 벌 짜난 건데기는 ᄯᅩ시 물 ᄒᆞᆺ꼼 낭 잘 버무령 두 불 차 짜낸다. 경ᄒᆞᆫ디 험벅으로 엿물을 짜내젱 ᄒᆞ민 폴이영 손목아지영 심이 하영 들어강 정말 심들다. 생각 ᄀᆞᆮ앙은 세탁기에 바락ᄒᆞ게 비왕 탈수기로 확 짜불고정 ᄒᆞᆫ ᄆᆞ음 꿀떡 ᄀᆞᆮ으주마는, ᄎᆞ마가라 경ᄁᆞ지 ᄒᆞ멍은 아닌 거 ᄀᆞᆮ안 기냥 손으로 베 험벅에 꼭 짜는 수 베끼 엇다. 엿날 우리 어멍, 할마님덜도 그 고생ᄒᆞ멍 엿을 만들아실 거니깐!

게구제구 짜낸 엿물은 결이 고운 망사에 ᄒᆞᆫ 번 더 걸러거네 주셍이 엇이 솟디 비와둠서 와랑와랑 관 불에 졸이기 시작ᄒᆞ는디, 체암 졸이기 시작ᄒᆞᆯ 때는 솟창에 아젱이가 ᄀᆞ라앚앙 눌어불기도 ᄒᆞ난 잘 젓어사 ᄒᆞᆫ다. 그전이 ᄒᆞᆫ번은 엿 ᄌᆞᆺ구멍 엿물 앚젼 불숨앙 내불민 뒐테주 ᄒᆞ연 남술로 젓지 안 ᄒᆞ엿단 아젱이 눌언 타기 시작ᄒᆞ난 극근내가 엿에 베연 망쳐난 적이 싯다.

초담 관 불에 잘 젓이멍 엿물이 팔팔 꿰기 시작ᄒᆞ민 그때부떤 ᄌᆞ주 젓이지 안 ᄒᆞ여도 뒌다. 엿물이 꿰기 시작ᄒᆞ민 불을 ᄒᆞᆫ꼼 줄영 중 불에서 ᄌᆞᆺ구멍 가당 오당 ᄒᆞᆫ번썩만 젓어줘도 뒈난 여유가 생긴다. 이때 장만ᄒᆞ여

놓은 궤기영 인ᄉᆞᆷ이영 압력ᄉᆞᆺ디서 푹 딸린다. 오리궤기는 ᄒᆞᆫ번 ᄉᆞᆯ짝 ᄉᆞᆱ앙 쳇 궤깃국물은 뜰라불어뒁 ᄯᅩ시 복삭 ᄉᆞᆱ아사 지름도 빠지곡 오리궤기가 흐물흐물 문지락ᄒᆞ영 잘 칮어진다. 잘 익은 오리궤기에 쫑은 ᄆᆞᆫ 불라내곡 술은 ᄀᆞ늘게 칮엉 칼로 ᄯᅩ시 더 ᄌᆞᆷ질게 다지곡, 인ᄉᆞᆷ도 압력ᄉᆞᆺ디서 푹 ᄉᆞᆱ앙 흐물흐물 잘 익으민 손으로 문작문작 잘 문데경 덩어리 어시게 장만ᄒᆞᆫ다.

경ᄒᆞᆫ디 엿날은 압력ᄉᆞᆺ도 어시, 정제 큰ᄉᆞᆺ디는 엿물 ᄌᆞᆽ구곡, 중간 ᄉᆞᆺ딘 궤기 딸리곡, 족은 ᄉᆞᆺ딘 인ᄉᆞᆷ을 딸려낫다. 온돌로 ᄉᆞᆺ덕을 놓은 정제에 장작불을 서너 ᄉᆞᆺ강알에서 ᄉᆞᆷ아놓으난 방은 와싹와싹 데여불곡 너미 지져완 두터운 솜요를 꼴안 누우민 어떵ᄒᆞᆫ 날은 요에서 연기가 모락모락 나난 때도 이서낫다. 연기 나는 요에 물을 치데경 불을 껑 연기 내치곡 ᄯᅩ시 그 떠불라ᄒᆞᆫ 방바닥에 요를 페완 ᄆᆞᆯ리기도 ᄒᆞ여낫다.

경ᄒᆞ곡 엿날 정제는 불 ᄉᆞᆷ는 연기로 그시렁이 이는 정제라부난 엿 ᄌᆞᆽ가가민 ᄉᆞᆺ디서 나오는 짐덜이 정제 천장을 적치단 버쳔 그시렁 먹은 시커멍ᄒᆞᆫ 물이 뚝 뚝 정제 바닥더레 털어지민 마다리푸대를 머리에 둘러썽 앚앙 낭불을 ᄉᆞᆷ아나기도 ᄒᆞ엿다. 엿물이 퀠 때부떤 우이 궤는 부꿀레기는 걷어 줘사 ᄒᆞ는디 부꿀레기 걷어주는 것 따문이도 낭불을 ᄉᆞᆷ으멍 ᄉᆞᆺ덕을 지켜사 ᄒᆞ난 엿을 ᄌᆞᆽ가나민 얼굴도 벌겅, 몸도 벌겅ᄒᆞ영 저슬에도 ᄄᆞᆷ이 출출 나낫다.

하여튼 엿물이 팔팔 퀘멍 누우렁ᄒᆞ게 색이 나가민 문작ᄒᆞ고 물싹ᄒᆞ게 장만ᄒᆞᆫ 궤기영 인ᄉᆞᆷ이영 엿물러레 들이청 잘 섞어 줘사ᄒᆞᆫ다. 궤기영 인ᄉᆞᆷ이영 섞은 엿물을 잘 젓어주멍 ᄌᆞᆽ구암시민 남술에 엿물이 걸죽ᄒᆞ여진다. 엿 ᄉᆞᆺ 욮이 석석ᄒᆞᆫ 물사발을 놔둠서 남술에 부뜬 엿물을 석석ᄒᆞᆫ 물에 털이치완 엿 방울이 물에 헤싸지지 안ᄒᆞ고 또락또락 ᄒᆞ민 엿이 다 뒌 거다.

게민 불을 꺼뒨 뚜껭을 헤씬체 놔뒷단 식으민 보관ᄒᆞᆯ 그릇에 담안 놔둠서 먹으민 뒌다.

삼 ᄉᆞ십년 전만 ᄒᆞ여도 이집 저집 하간 집이서덜 돗제를 ᄒᆞ여나곡 저슬철 뒈민 어느집이 먹을 일 신고 ᄒᆞ연 주우룻ᄒᆞ여나신디, 이제 지금은 나살아난 ᄆᆞ을에 가도 돗제ᄒᆞ는 집이 드물다. 우리 어멍 ᄒᆞ여난 돗제는 막둥이 아덜 장개 보낸 후젠 설러부럿젠ᄒᆞ신다. 돗제ᄒᆞ는 집은 하영 엇어져불엇주마는 정월 열사흘, 열나을날은 당에 강 ᄒᆞᆫ 헤 운수를 기원ᄒᆞ는 풍속은 남안 이선 정월에 정성ᄒᆞ는 ᄆᆞ음덜이 그 ᄆᆞ을을 지켜주는 것 답다. 엿 멩그는 것도 꿩엿이여 도라지 엿이여 전문적으로 멩글안 폴아부난 집집이서 엿 ᄌᆞᆺ구는 디가 귀ᄒᆞᆫ 시절이 뒈어불엇다.

엿 만들어 보셨나요

나 어릴 적 우리 동네에선 가을 농사 마치고 겨울 맞아 날이 추워가면 집집마다는 아니지마는 여러 곳에서 돗제를 지내는 집이 많이 있었다. 우리 집에도 우리 엄마 고집으로 이삼 년에 한 번씩 심방 불러다 일을 지내는데 그때마다 우리 아빠는 마실 나갔다 오신다. 한 번은 친척 집에 엄마 심부름 갔었는데 아버지가 그 집에서 바둑을 두며 "작은아이야, 너희 엄마 일은 다 마쳤느냐?" 하며 물어본 후에야 집이 돌아오셨었는데, 일을 지내고 나면 동네잔치였다. 맞춤 돼지를 봄부터 길러서 가을이 오면 잘 먹여 살찌우고, 좋은 날 받아서 제를 지내려면 며칠 전부터 대문에 줄을 매여 몸 부정한 사람 못 들어오게 하고, 초상집이나 궂은일 난 데에는 다니지 아니하는 정성을 들였다가 날을 지냈었는데, 일 지냈던 후에는 고깃점을 가지고 동네 골목골목 한집도 떨어지지 않게 찾아다니며 인사를 하였었다.

돗제 지낼 때 돼지 제물은 통째로 올림으로 부위별 각각 조금씩 쟁반에 올려두고 제를 지낸다. 돼지 삶았던 물은 찹쌀과 모자반을 넣어 죽을 쑤어서 한 양푼씩 동네 태우기도 하였었다.

돗제 지냈던 남은 고기는 겨울에 몸보신할 양식으로 엿을 만들어서 먹었는데 엿을 고고 나면 방이 따뜻하다가 과해 데어버리기도 하였다. 그리고 부엌은 나무를 때어 밥 짓는 온돌부뚜막이라서 오래 써가면 그을음이 천장에 왕성하여 부엌이 모두 까맣지마는 엄마 손길, 큰딸 작은딸 손길 타면 부뚜막과 찬장 부엌 바닥은 반질반질 윤이 났었다, 그러나 천장만큼은 자주 닦아주질 못하니 그을음이 많이 끼어있는데 엿 할 때만은 천장 그을음이 여간 성가신 게 아니다.

달콤한 엿은 겨울 영양보충으로 매해 엿을 고우는 게 연중 일이었다. 이제 지금도 어릴 적 엿을 고았던 생각 하며 부엌 싱크대 가스 불에서 엿을 만들어 엄마에게 가져간다. 우리 엄마 아흔 넘었지마는 다른 군것질은 좋다 싫다 인사가 없어도 엿만큼은 한 냄비 가져다 드리면 방싯 웃으면서 "얘야 지금 때가 어느 때냐, 엿을 고게! 그나저나 이 엿을 만들려 하니 얼마나 애썼을 것이냐. 매우 맛있다." 하면서 손가락으로 엿을 확 찍어서 먹어보며 입가에는 만족스러운 웃음이 번진다. 그러면서 "엿은 어떻게 만들었느냐? 누가 말해주더냐?" 물으시면 "아이고 엄마한테 배운 거 아닙니까. 우리 엄마 해마다 엿 고우는 것을 보며 살아온 딸인데 그거 못 합니까!" 하며 막 우쭐하여진다.

엿을 만들려 하면 예전에는 가을부터 겉보리를 물에 불려 보리 순을 틔워 말리고, 말린 엿기름을 정미소에 가서 갈아서 썼었다. 요즘은 엿기름을 적당하게 포장하여 파는 데가 있어서 엿기름 틔우는 공은 면하게 되어 다행이다.

엿 만들려 하면 좁쌀 두되, 찹쌀 두되, 엿기름 두되, 오리고기 두 마리, 인삼 서너 뿌리가 있어야 하는데, 인삼과 오리고기는 때에 따라 다른 재료를 쓰기도 한다

좁쌀과 찹쌀은 곱게 씻어서 밥을 하여 고슬고슬 익으면 큰 양푼에 밥을 펴 놓고 조금 식혀 따뜻할 때 엿기름을 밥에 풀어놓고 골고루 잘 버무린 걸 엿밥이라 하는데, 그 엿밥을 뚜껑 있는 찜 솥이나 들통에 놓아서 따뜻한 아랫목에 묻어 여덟 시간 안팎으로 괼 때까지 놔두는 것이 중요하다. 아주 따뜻하면 엿물이 쉬어버리고, 너무 추우면 잘 괴지 못하여 애먹기도 한다. 요즘이야 전기장판이나 온장고, 보온 밥솥 등, 엿밥 삭히는 것에 별 어려움이 없지마는, 우리 엄마네 엿밥 삭힐 때는 작은방에 이불을 펴두고서 아궁이에 군불을 지폈었다.

엿밥이 괼만한 시간이 되어 뚜껑을 열어 밥이 흐물흐물하게 삭혀진 밥 위에 손가락을 찔러보아 물이 자작하게 고이면 잘 삭혀진 것이다. 잘 삭혀진 엿밥을 베 헝겊에 짜면 엿물이 나오는데 한번 짰던 건더기는 다시 물을 조금 놓아 잘 버무리어 두 벌 차 짜낸다. 그런데 헝겊으로 엿물을 짜내려 하면 팔과 손목에 힘이 많이 들어가 정말 힘들다. 생각 같아서는 세탁기에 버럭 비워서 탈수기로 확 짜버리고 싶은 마음 꿀떡 같지마는, 차마 그렇게까지 하는 것은 아닌 거 같아 그냥 손으로 베 헝겊에 꼭 짜는 수밖에 없다. 옛날 우리 엄마, 할머님들도 그 고생하면서 엿을 만들었을 테니까!

그러나저러나 짜낸 엿물은 결이 고운 망사에 한 번 더 걸러서 찌꺼기 없이 솥에 비워놓고 활활 센 불에 졸이기 시작하는데, 처음 졸이기 시작할 때는 솥 바닥에 앙금이 가라앉아 눌어버리기도 하니 잘 저어야 한다. 전에 한 번은 엿물 얹혀서 불을 때고 있으면 되겠지 하여 젓개로 젓지 않았다가 앙금이 눌어서 타기 시작하니 그을음 냄새가 엿에 배어 망쳤던 적이 있다.

처음 센 불에서 잘 저어 엿물이 팔팔 끓기 시작하면 그때부턴 자주 젓지 않아도 된다. 엿물이 끓기 시작하면 불을 조금 줄여서 중 불에서 고다가 가다 오다 한 번씩만 젓어도

되니 여유가 생긴다. 이때 준비하여놓은 고기와 인삼은 압력밥솥에서 푹 달인다. 오리고기는 한번 살짝 삶아서 첫 고깃국물은 따라버리고 다시 푹 삶아야 기름도 빠지고 오리고기가 흐물흐물 문드러져서 잘 찢어진다. 잘 익은 오리고기에 뼈는 모두 발라내고 살은 가늘게 찢어서 칼로 다시 더 잘게 다지고, 인삼도 압력솥에서 푹 삶아 흐물흐물 잘 익으면 손으로 문작문작 짓이겨서 덩어리 없이 장만한다.

그런데 옛날은 압력솥도 없이, 부엌 큰솥에는 엿물 달이고, 중간 솥에는 고기 달이고 작은 솥엔 인삼을 달였었다. 온돌로 솥 덕을 놓은 부엌에 장작불을 서너 솥 아궁이에서 때어놓으니 방은 와싹와싹 데어버리고 너무 뜨거워 두꺼운 솜 요를 깔아서 누우면 어떠한 날은 요에서 연기가 모락모락 나던 때도 있었다. 연기 나는 요에 물을 지쳐서 불을 끄고 연기 내치고 다시 그 뜨거운 방바닥에 요를 펴서 말리기도 했었다.

그리고 옛날 부엌은 불 지피는 연기로 그을음이 이는 부엌이라 엿을 고아가면 솥에서 나오는 김들이 부엌 천장을 적시다 못해 그을음 먹은 시커먼 물이 뚝 뚝 부엌 바닥으로 떨어져 마대를 머리에 둘러써 앉아 장작불을 지피기도 하였다. 엿물이 끓을 때부턴 위에 괴는 거품은 걷어줘야 하는데 거품 걷어주는 것 때문에도 장작불을 때며 부뚜막을 지켜야 하니 엿을 고고 나면 얼굴도 벌겋고, 몸도 벌게서 겨울에도 땀을 철철 흘렸었다.

하이튼 엿물이 팔팔 끓으며 누렇게 색이 변하면 잘게 다진 고기와 흐물흐물 짓이긴 인삼을 엿물에 잘 섞어 놓는다. 고기와 인삼을 먹은 엿물을 잘 저으며 고다 보면 젓개에 엿물이 걸쭉하여진다. 엿 솥 옆에 차가운 물 사발을 놔두고 젓개에 붙은 엿물을 차가운 물에 떨어뜨려 엿 방울이 물에 흩어지지 않고 딱딱 해지면 엿이 다 된 것이다. 그러면 불을 꺼두고 뚜껑을 닫지 않은 채 뒀다가 식으면 보관할 그릇에 담아 두고두고 먹으면 되는 것이다.

3~40년 전에는 이집 저집 많은 집에서 돗제를 지내고 겨울철 되면 누구네 집에 돗제를 하는가 하고 관심을 기울였었는데, 이제 지금은 내가 살았던 마을에 가도 돗제 지내는 집이 드물다. 우리 엄마가 지냈던 돗제는 막둥이 아들 장가보낸 후엔 그만두었다 한다. 돗제 지내는 집은 많이 없어져 버렸지마는 정월 열사흘, 열나흘 되면 당에 가서 한 해 운수를 기원하는 풍속은 남아있어 정월에 정성하는 마음들이 그 마을을 지켜주는 것 같다. 엿 만드는 것도 꿩엿, 도라지 엿 등, 전문적으로 만들어 팔고 있으니 집집에서 엿 고는 풍경은 귀한 시절이 되어버렸다.

해설

콩국 맛 같은 담백한 시맛

양영길 / 문학평론가

1.

제주 사람들에게 '한라산은 어디에서 바라보는 것이 가장 아름다우냐' 라고 물으면 사람마다 다르다. 자기 고향에서 보는 것을 가장 정겹게 느끼기 때문이다. 그래서일까, 언어의 맛도, 음식의 맛도 지역마다 다르다.

우리에게는 모국어가 있기 이전에 모어母語가 있다. 모어보다 더 나를 이해하고 나를 느끼고 나를 표현할 수 있는 말은 없을 것 같다.

김순란 시인은 "타향살이 청산하고 고향에 돌아왔을 때 / 포근하게 나를 반겨준 건 고향 말 / 표준어에 묻혀버리는 내 고향 말 제주어 / 고향 말을 기록으로 남기고 싶었다"(「시인의 말」)라고 술회하고 있다. 언어에 함의된 거리감과 공간감을 몸소 체험한 표현인 것 같다.

'콩국'을 끓이는 것도 모어를 끓이고 맛을 내는 일 중의 하나다.

콩국을 만들어 봐
콩가루는 물에 개야 해
걸쭉 걸쭉 물 반죽하지
무는 굵직하게 채 썰어
얼갈이배추는 손으로 잘게 뜯어놔

국솥에 물을 놓고 불을 때
물이 끓기 시작해
뜯어놓은 얼갈이배추를 놔
채 썬 무도 국솥에 놔
김이 무럭무럭 나기 시작해
걸쭉한 콩가루 반죽
조금씩 조금씩
조심조심 떠 놓아
국솥 뚜껑을 열어두고
불을 세게 때어 끓이지
국물이 끓기 시작해
불 조절해야 해
저으면 안 돼
국물이 부풀면 안 돼
국물이 넘쳐도 안 돼
불을 약하게 놓고
국솥을 달래야 해
(…)
불을 달래야 해
나도 그래
너도 그러지
불을 약하게 놓고
소금 간을 해
굵은소금을 콩국 위로 살살 뿌려줘
많이 놓으면 짜
적게 넣으면 심심해
나도 그래
너도 그렇지

-「콩국 사랑」 부분

제주 사람의 마음까지도 따뜻하게 해주는 콩국은 제주의 겨울 대표 음식이다. 그러나 '콩국'은 아무나 끓일 수 있는 음식이 아니다. 제주의 바람에 익숙지 못하거나 삶에 설익으면 콩국은 그만 넘쳐버리거나, 건더기가 덩이지지 않는다. 또 그 본연의 맛을 지켜낼 수 없다. 콩가루를 물에 개는 것도, 얼갈이를 손으로 무지르는 것도, 콩가루 반죽을 물에 풀어놓는 것도 제주 삶에 설익은 손으로는 잘 안된다. 불을 달래고, 국솥을 달랠 줄 알아야 비로소 제주 사람이 된다고 한다. 콩국은 어머니 손맛의 대표적인 음식이다.

김 시인은 콩국의 담백한 맛을 손수 체험적으로 되뇌면서 사설을 풀어놓듯 쓰고 있다. 시인은 "염치없이 살고픈 날"이거나 "멍청하게 살고픈 그런 날" "이런저런 교양 없이 고함"(「나무라지 마세요」)을 내지르는 대신 콩국을 끓인다.

가식을 벗어던져야 비로소 콩국의 담백한 맛을 끓일 수 있다. '국솥을 달래듯', '불을 달래듯' 시를 쓴다. 살아온 세월의 짜디짠 눈물로 간을 하면서 시를 끓인다. '콩국'에 조미료를 쓰면 어머니 손맛이 사라진다. 김 시인은 어머니 손맛을 지켜내기 위해 스스로를 어르고 달래고 있다.

2.

제주 지역은 육지보다 더욱 다양하고 원시源時적인 신화가 곳곳에 남아 전해지고 있는데, 변방이 아닌 내가 중심이 되는 인식이 그 깊이와 넓이를 이루고 있다.

김 시인의 제주어 시에는, 제주 신화의 어조tone가 짙게 배어 있다. 제주

민요 '자장가'의 "저레 가는 검둥개야 우리 애기 재와 주라"와 같은 요구와 바람이 곳곳에 직접 개입하고 있다.

> 부디 늦게 왔다고 서운하다 마세요
> 우리 아기들 이제까지 할머니 덕으로
> 오뉴월 장마에 오이 크듯 잘 컸어요
> 우리 아이 앞이마에 넓은 지식
> 뒷이마에 빠른 지혜 좋은 글도 내어주세요
> 이런 겨름 저런 겨름 커가는 아이들
> 자동차에 놀라게 말고 바닷물에도 놀라게 말아
> 쭈욱 잘 크게 하여 달라 할머님께 비옵니다
> (…)
> 부디 우리 아기들 무탈하게 지켜주세요
>
> -「초이레에 올게요」 부분

서원誓願하는 담론 체계를 갖춘 이 시는 '욕망의 삼각형' 구조를 하고 있다. 이야기 주체(엄마)가 그 대상(당 할망)에게 직접 이야기를 전달하지 못하고 중개자(공간으로서의 당)를 빌어 맹세하고 전달하는 구조를 하고 있다.

'늦게 왔다고 서운해하지 마시고' 할마님 덕으로 우리 아기 오뉴월 장마에 물외 크듯 잘 컸습니다. 우리 아기 앞이마에 넓은 지식, 뒷이마에 빠른 생각도 내주시고, 자동차에 놀라지 말게 해주시고 잠도 잘 자도록 할마님께 빌고 있습니다. 어머니로서 아기가 잘 자랄 수 있도록 빌고 서원하는 유대감의 이야기 구조이다. 아무런 꾸밈없이 담백한 표현 그대로다.

제주 신화에서의 서원은 이 '욕망의 삼각형' 구조 속에서 이루어진다. 신화 속의 대상은 모국어가 있기 이전의 모어다. 그래서 제주 신화를 소

재로 하는 담론에서는 제주어가 아니면 이야기의 대상에게 제대로 전달하지 못한다.

> 배고픈 영등할머니 들어오면
> 팽이고둥 제 속 내어주고
> 배부른 영등할머니 들어오면
> 각시고둥 오동통 살이 찐다
>
> 얇은 옷 입은 영등할머니 오는 해는
> 온갖 꽃들이 활짝 피고
> 두툼하게 차려입은 영등할머니 오는 해는
> 피던 개나리 동백꽃도 꽃봉오리 오물아 든다
>
> (…)
> (…)
>
> 한라산 왕벚꽃 피워두고
> 넓고 넓은 목장 송아지 망아지 생겨 두고
> 이 밭 저 밭 기름진 밭에 오곡 씨앗 뿌려 두고
> 빙빙 둘러 바닷가 바위 소라 전복 새끼 붙여 두고
> 천길만길 바닷속에 여러 고기 새끼 깨워 두고
> 열나흘 밤 보름이 가까우니
> 툴툴 털어 가벼운 몸 시원하게 돌아가니
> 올 한 해 무탈하게 지내거라
>
> -「영등할머니 어서 오세요」 부분

제주 신화의 대표적인 신 가운데 '바람의 신'인 '영등할망'의 이야기를 풀어놓고 있다. 제주에는 영등 절기가 있다. 영등할망은 음력 2월 초하루에

딸을 앞세우거나 며느리를 앞세워 찾아와 2월 보름에 나간다. 이때 영등할망이 배가 고픈지, 배가 부른지, 얇은 옷을 입었는지, 두툼한 옷을 입었는지 제주 사람들은 초미의 관심사다. 눈에는 보이지 않지만 그 영등 절기에 불어오는 바람으로 가늠하며 그 해 바다 밭과 토지 밭의 농사를 짐작하고 1년을 준비하고 살아간다. 제주 사람들에게 바다는 밭의 일부다. 그래서 제주 사람들은 1년 농사를 영등할망이 돌아간 다음 바다 밭의 '갯닦이'를 시작으로 농사일을 준비한다.

제주 신화의 주인공들은 대부분 여신女神이다. 거대 여신 설문대할망을 비롯해서 영등할망, 삼신할망 등 여신이 많다. '할망'을 표준어로 '할머니'라 할 수 있지만, 제주 신화 속의 '할망'은 '여신'을 뜻한다. '늙음'과는 전혀 관련이 없는 언어다. '할으방'도 마찬가지다. '돌하르방'은 '석신石神'이라는 뜻이다.

3.

김순란 시인의 시의 행간에는 그 어떤 자부심으로 채워지고 있다. 사람마다 자기의 지문을 갖듯 김 시인은 김 시인만의 시적 목소리를 통해 제주어인 모어를 수용하여 자기만의 의미를 찾아내고 있다.

오늘날 지구상의 언어 6,000종이 21세기 말에는 500종만 살아남을 거라는 걱정이다. 각각의 언어는 특별한 지적, 영적 세계를 담는 인간 영혼의 숨결이다. 사라져가는 가치 철학이나 문화종은 우리들의 삶의 가능성을 점점 메마르게 만들고 있다. 우리들의 상상력이 단순한 지적 정신적 모델의 한계 내에 갇혀 보편과 표준에 길들여지고 비교와 경쟁에 내몰려, 우리들의 삶을 더욱 피폐하게 만들고 있다.

김순란 시인은 사라질지도 모르는 제주어인 모어를 지켜내고자 하는 소박한 마음으로 제주어 작품을 쓰고 있다. 콩국을 끓이듯, 당할망한테 서원하듯 서두르지 않고 달래고 달래면서.